そくらてすのツマの
明るく楽しい人生ゲーム

- あなたはワタシの思うツボ -

工藤知子

22世紀アート

目　次

はじめに

私の主人の工藤雄一は、「日本ラジオ歌謡研究会」会長として、八十路を迎えた。

そして、「さあ、これからだよ…」とでも言いたげに、実に楽しそうに「ラジオ歌謡」をひねくりまわして、生き生きとした日々を送っている。

その彼に、静かに (?) 寄り添い (?)、時には足 (?) に、時には手 (?) となっているつもり…

いや、ふりをして、今に至っているのが私だ。

…と思いが進んだ時、なぜか、きわめて自然に、世界三大悪妻の一人だという "ソクラテスの妻" が心に浮かび、「ソクラテスの妻」と、自分のことを呼んでしまった…。

もちろん主人は哲学者っぽいが、哲学者ではないので…音のみを頂戴し、ひらがなで「そくらてす」と。

「そくらてす」という刺身をおいしく、いや、おいしそうに感じさせるのは、寄り添う「刺身のツマ」…よし、「そくらてすのツマ」だ!

The first dish. （一皿目）

1. 「行かず後家^{ゴケ}」に?

私が、名古屋から秋田へ嫁いで来てから、半世紀（50 年）が経って
しまった。
早い！　つい昨日来たような気分なのに・・・
そう言えば、秋田へ嫁ぐまでには、何回も見合いをさせられたっ
け・・・

半世紀も前の時代である。名古屋では、25 歳を超えてしまった娘は
中年増^{チュウドシマ}と呼ばれ・・・

父の教え子の中では、「水野先生（私の父で、名古屋大学教授であっ
た）の『行きそこないになりそうな娘』を救おう」という動きが生ま
れていたらしい。

次から次へと、面白いくらいに、見合い話がきて・・・

絶対的な権力を持つ父親に逆らうことを知らなかった私は、「ハイ、
ハイ」と、素直に見合いに勤しんだ。

「見合い」という大義名分をもって、美味しい料亭のごはんにありつける事が嬉しかった。

大学教授の息子、大会社の御曹子、カナダ在住の研究者など‥‥‥。
世間的には、断る理由のない素晴しい家の御子息様達ばかりが見合い相手だった。
設定された高級料亭で食事をして、互いの仕事、親の仕事など、通り一遍の**オシャベリ**をした。

あまり威張れる話ではないが、回数を重ねるうちに、見合いの席は、私にとって、一種の**ステージ**に変わり、楽しくなっていった。
だんだん**見合い術**なるものを習得したのだろうか‥‥?
それはさておき‥‥

家へ帰ると、父は必ずこう聞いてきた。
「**いい人だったか?**」

私はきまってこう答えた。
「**悪い人じゃないみたい。**」

そして、１日か２日すると‥‥

「知子ちゃん、この話は、断ってくるよ。いいね?」

私の返事を聞く前に、父は断りに出て行った。

その都度、母は、
「お父さんは、まだ、あなたと別れたくないのよ。
でも、人には理解ある父親と思われたいから、ちゃんと見合いからお
断りまでの段取りを踏んでるのよ」と、クスクス笑った。

「断る」という仕事のできる父親を、私は妙に尊敬した。
しかし後から聞いた話だが、すべて、**私が相手を気に入らなかった**
という理由で断っていたそうだ。

その娘もいつのまにか28歳になろうとしていた。

名古屋では、見合い話は来なくなった。
中年増（チュウドシマ）から大年増（オオドシマ）になるからだ。
いわゆる「行かず後家（ゴケ）（＝嫁入りせずに歳を重ねた女)」におさまろ
うとしていたのだ。
その時だった。
私を拾ってくれようとする動きがあった！（秋田で・・・）

2. アレは何しに来たんだ?

ある日、突然、秋田から電話が入った。**工藤雄一**という青年からだった。そして‥‥

出張で、秋田から東京へ出るので、いいチャンスだから、その足で名古屋へ来るというのである。
結婚の許可を貰う為と称して‥‥

雄一青年との出会いは、いずれ、どこかで述べる機会があるかもしれないが、
秋田から東京への出張のチャンスを利用するとは、中々合理的かも‥‥。

出張業務を終えて、東京から新幹線で名古屋までやってくる雄一青年とは、まずいつもの料亭で父親と会ってもらおう‥と話は進んでいた。
料亭へ迎えるまではスンナリと‥‥

高校の物理教育に夢中になっている雄一青年にとっては、名古屋大学の物理学の教授という肩書の人間を目の前にするということが、
別の刺激であったようだ。

私の父親であることを、一瞬忘れさせてしまったのか?
結婚問題を一瞬越えさせてしまったのだろうか?
雄一青年はひたすら**ニュートン**の万有引力の話に夢中になってしまった。止まる気配はない。

そのうちに止まるだろう・・・。待った。
止まらない。

ニュートンの話が、いつの間にか「**対話授業**」の話に変わっていった。
雄一青年が東京へ出張してきていた「研究テーマ」である。

目を**キラキラ**とさせて語る。

また、止まる気配はない・・・
学生たちに「天皇陛下」というニックネームをもらっていた私の父親も、負けずに教育キチガイ!
乗ってしまった。
尽きることを知らない。
二人の物理教育に関する話は、えんえんと続く・・・。
止まる気配はない・・・。

お膳には、もう食べるものは無い。
かなりの時間が経ち、疲れてもきたのであろう。

ハッと何かに気づいたように父親が席を立ち、

私に目配せした。

父について行くと、父は私に囁いた。

「知子ちゃん、"アレ"は何しに、名古屋まで来たんだい?」

父は、工藤雄一という男を「変な人」というイメージで、とらえてしまったのだろうか?

3．どうしても逢いたくて・・・

「君は、名古屋へ何をしに来たんだい?」と、ついに父が質問して、

雄一青年の目的は達せられた。

そして、

家で待つ母のところへ、彼を案内する段階まで進んだ。

私の実家は、古い大きな武家屋敷。

大きな樹木の並ぶ庭を通って玄関へ。

ちょっとやそっと大きな声でしゃべったとしても、周りの家に聞こえて行くことはない。

茶室の横へ、母がにこやかに迎えに出てきた。

その姿を見るや、間髪をいれず、雄一青年が良く通る大きな声で叫ぶように・・・

「どうしても、知子さんに逢いたくて、来てしまいましたッ!」

丁寧に、順序正しく、作法にのっとって挨拶をするつもりで、襟元を正して、お茶人らしく静々と現れた母の口は一瞬、ポカンとあいた。

そして、やっと、ひとこと小さな声で、

「いらっしゃいませ。」と頭を下げて終わった。

後からの母の小言の**ブツブツ**は大変だった・・・!

「初めて会った人への最初のひとことがあれよ!

あんなこと言われたら、何も言い返せないわ。
用意してた言葉が全部ドッカへ（どこかへ）行っちゃったじゃない
の。変な人！　本当に変な人！」

4. 笑ってばかりの人に

「変な人」と結婚することになる・・・前に、私は母に聞いてみた。
「やっぱり、私は嫁入りした方がいい?」と。

いつも姑（私の祖母）に、「オミャアサン（お前さん）は、トモチャ
ンを『行かず後家』にする気か?」と責められていた母は即答した。
ちょっと非難気味に・・・
「いつも断ってきたのは、あなたでしょ?
いいトコがあったら、どこでもいい。行きなさいよ。」と。

内心、私はニヤリ・・・！

「工藤さんのところへ行こうかなって思うの。でも、私を育てて下
さったお父さんとお母さんに一番納得してもらいたいから、向うの
お母さんに逢ってきて!」

一瞬、母の目がマンマルクなり、ドキッ！　シマッタ！　という様子
で、「エッ?　お母さんに?　お母さんに・・・だけ?　お父さんは?」

母は、常に、「片親はダメ！ 特に長男の場合はダメ！ 母親は、嫁に
かわいい息子を盗られたって思うから・・・」と言っていた。

長男である父の所へ嫁いで来た母の日々は、姑と戦いの日々・・・それ
はそれは壮絶だった為である。

母にとっては、もう後には退けない。
「どこでもいい。行きなさいよ。」と私に言ってしまっている。

母は観念した様子で、父と共に雄一青年の母親である「キクさん」に
逢う為に、秋田へ出発してくれた。

・・・が、内心は「やっぱり片親の長男はダメ」と結論をつけようと張
り切っているようだった。

表向きは、「わたしたちの旧婚旅行よ」と称して・・・

２～３日の秋田滞在の後、
帰り道である金沢から電話が来た。

何を言われるかとドキドキしながら、私は受話器をとった。
じっと、向こうからの声を待っていると・・・

「知子ちゃん・・・」後が続いてこない。

母の声は途切れたまま・・・。

私の心臓はあきらめムードへ向かって鼓動し始めていた。

それでも、おそるおそる聞いてみた。
「**どんなオカアサン**だったの?」

「それがね・・・・**笑ってバカシ**だったの。・・・・始めから終わりまで!
なんでも、アッハッハ　アッハッハって、大きく口を開けて・・・。**変な人!**」

「それで、お母さんは、ドウ思うの?」
私の声は沈んだ・・・。

数秒の沈黙がつづいた。そして、母は、・・・

「笑ってバッカシだったの!
始めっから終わりまで・・・ただ笑って・・・**変な人!**
だからなんにもわからなかった。
でも、笑ってばかりの人に、悪い人はいないんじゃない?」

15

そして他愛もない話の後、電話は切れた。

雄一青年は「変な人」。

「変な人」の母親はやっぱり「変な人」。

「変な人」のところに、まとも (?) な私が嫁ぐことになるらしい・・・
そう思い始めていた。

5．アエデエンダガ?

「アエデエンダガ?」・・・　こう聞こえた。

振り向いた私の後ろに、キクさんのとても「かわいい」笑顔があった。

「ホットニアエデエンダガ?」と繰り返しながら、キクさんのアゴは、
私の前を歩く雄一青年を指していた。
名古屋生まれ、名古屋育ちの私にとって、秋田ナマリは、疎遠な言葉
だったが・・・
「本当にあの男でいいんだね?」という意味だと、キクさんのジェス
チャーと目線によって、理解した。
はるばる秋田から、名古屋まで、息子の嫁となる女の両親に挨拶にき
てくれたのである。

「ウヂニハ、モットカオエグデ、アシナゲェノガイルドモ・・・。ホットニアエデエンダガ?」キクさんは繰り返した。

私は前を歩くヒトの横顔を、そっと覗き見た。
その後ろ姿から、脚の長さを計ってみた。

初めてまじまじと見た気がした。「うーん、ナルホド・・・!」

キクさんの笑顔は「おかしくてたまらない」と語っているようだった。

その背景には、名古屋城が、どっしりと美しかった。
いつにもまして、金の鯱鉾（シャチホコ）のきらめきが眩しかった。

私は、キュッとキクさんの斜め後ろにくっつき、左の袖の上から、キクさんの腕を抑えるようにして、大きくうなずいた。
キクさんは私の上から下へと目線を走らせ、クックックと笑った。

その日の彼女の装いは、黄色っぽい和服に金糸の刺繍の帯が美しかった。

和服で来られるであろうと想像していた私は、急きょ着物を縫って

17

その日に間に合わせていた。ミシンでカタカタカタと縫った単衣で、
黒地に舞う小さな紅い花びら柄は私を"少しは"、カワイク見せてい
たという計算だった・・・。

キクさんが、私の着物姿をどう思ってくれたかは、さっぱりわからな
い。
なぜなら、キクさんは絹に見たてた洋服生地の人絹で作られた着物
にも、その花びら柄にも何の興味も示さなかったから・・・

6. 自分のことを言ってるのよ!

私の見合い相手になんだかんだと**ケチ**をつけ、断りをだしていた父
親が**コロリ**と変わった。
雄一青年を私に向かって誉めだしたのだ。

父の言葉の後には、母の口から、決まった言葉が繰り返された。
日に何回となく・・・おもしろくなさそうに。
「知子ちゃん。**雄一君は、本当に物理教育に夢中**だよ。
あれだけ一生懸命になれる男は、そうは居ないよ!」
母は即座に、「**自分のことを言ってるのよ!**」
「知子ちゃん、**雄一君は中々うまい字を書く**よ。」
母はココロモチ拗ねたように、「**自分のことを言ってるのよ。**」
 (母の字はいつも父にケナサレテいた・・・「形はいいが

18

力が無い」と・・・)

「知子ちゃん、**雄一君は長男だね?**　どこでも長男は、
イイ男だ。」
母は間髪をいれず、「**自分のことを言ってるのよ!**」

そこで、私は母に質問した。
「物理教育に一生懸命で、**字が上手で、イイ男のお父さん**が、私を育
てて下さった**お母さん**を選んだのよね・・・?」

その後、母の小言は無くなった・・・。

7.　は・・・はい。

いよいよ、秋田へ嫁ぐことになった。
それまでは、お相手それぞれの、家系、格式、財産、仕事の種類が、
最初に　"**きちっとした書類**"で提示され、お見合いを行っていた。

ところが、雄一青年との結婚話では、そのすべての段取りが狂ったよ
うな・・・。

決して、貧相な家系に・・・、格式の無いところに・・・、貧しい家に・・・、
妙な仕事をしている人に・・・嫁ぐという事ではなかったが、なぜか、

今回は、何も気にされなかった。

ただ、「イカズ後家」「オオドシマ」の肩書を持とうとしている娘が、美しく颯爽と名古屋を出るためには、それなりの理由を "でっち上げたい!" という気持ちは、どこかにあったような・・・。

段取りは、面白いほどに、トン、トン、トンと進んだ。
すべて秋田からの長距離電話で・・・。極めて短い時間で・・・。

雄一青年の職場からであったか、自宅からであったか、知人の家からであったか・・・、それはわからないが、長距離電話の料金節約の為、自宅の電話からではなかったような・・・

雄一 　「式は、カトリック教会であげます。」

知子 　「はい?」

　　　　（長男なのに?・・・秋田という田舎で、キリスト教で?・・・、洋式で?）

雄一 　「聖霊（秋田聖霊女子高等学校・カトリック系の女子校）の職員ですから。」

知子 　「は・・・はい。」

雄一 　「式は、9月21日にします。」

知子 　「はい?（よほど、いいお日柄なのかな?）」

雄一　「給料日ですから。」

知子　**「は・・・はい。」**

雄一　「新婚旅行は、北海道にしましょう。」

知子　「はい？（なぜ北海道？）」

雄一　「秋田に近いんですよ。綺麗なところだと思いますよ。一度行ってみたかったんです。」

知子　**「は・・・はい。」**

私は、6年間の名古屋聖霊高等学校在職中に、夏休みと、冬休みを利用して、全国を、リュックを背負って踏破していた。

九州の鹿児島1県を、理由は忘れてしまったが、新婚旅行用に残して・・・。

何の相談も無く・・・新婚旅行で行きたかった鹿児島への夢は、雄一青年の独断で途絶えた。極めて自然に消えた。

よし、何はともあれ、このリズムで、トン、トン、トン・・・

8．清く、貧しく、美しく！

「カトリック教会」、**「給料日」**、**「北海道」**という一連の決定事項は、
"清く、貧しく、美しく" という言葉を連想させた。

「カトリック教会」‥‥"清く"

「給料日」‥‥‥‥‥"貧しく"

「北海道」‥‥‥‥‥"美しく"

いよいよ私の大好きなゲームの始まりである。

結婚式は、秋田の "カトリック教会" で予定されているので、名古屋の母が勝手に想像していた文金高島田はピンとこない。

そして、"給料日" を気にしなければいけない経済状況の中、"ウェディングドレス自作" というストーリーがでっち上げられた。

行きつけの、生地の卸問屋に、直接出向き、純白のサテンに見える、化学繊維の**裏地**、絹の透かし織りに見える、黄緑の**裏地**、金銀の刺繍がしてあるように見える、白い**裏地**、化繊のオーガンジー、チュール、少々のレースを‥‥。

すべて**表地**として使う目的で選んだ。

式の間、2〜3時間、もてばいい。

シワにならないように、自分が気をつければいい‥‥。

それしか考えていなかった。

すべて遠目には、ステキに見えた。

全部で3,000円にも満たなかった。

当時の私の毎月の給料は、60,000円程度。

極めてお手軽に、ウェディングドレスと、お色直し用2着ができるのだ!

カタカタカタカタ・・・・。カタカタカタカタ・・・・。

スカート丈は、床に引きずるほど長い。ひたすら、ミシンを踏み続けた。いい運動だった。ついにできあがった。

その3着に順番に手を通し、母の前に立った。

本番用、お色直し1回目用、お色直し2回目用と、わざと、だまって着替え、母の前に立っていったのだが・・・、

厳しい表情で、じっと見ていた母の表情は、確実に、少しずつ変わっていった。やわらかく、楽しそうに・・・

「工藤家の長男なんでしょ?　長男は、家の跡取りでしょ?　跡取りに嫁入りするのなら、文金高島田であるべきではないの?」

「洋服なんて、アッパッパと同じって思われるんじゃないの?」

「ドケチって言われるんじゃないの?」など、秋田に気を使っていた

母が、うっとりとした表情になってしまった。

「あなたは、はるちゃんや豊ちゃん（＝私の妹たち）よりも、背が高いわ。
丁寧に着るのよ。
裾が汚れたら、切ればいい。できるだけきれいに着てね。結婚式が済んだら、ちゃんと、しまっておいてね。
はるちゃんや、豊ちゃんも、着れるから・・・。」

さすが、母は名古屋人。抜け目がない。もう、先を見ている。

ウェディングドレス自作ストーリーでっち上げ　大成功!

9. あれっ?　やられた?

私のまわりには、チョットウルサイ親類縁者が、いっぱいいた。

父の職場関係者、教え子たち、水野家の書生たちが、いっぱいいた。

「イジワル知子」と呼んで親しんでくれていた私の教え子たちもいっぱいいた。
総理府主催の「青年の船」でオセアニア方面への旅をしたばかりの仲間達もいた。

だまって名古屋を出て、事後報告だけでは済まない。

そのような事をしたら、

「行かず後家」「大年増（オオドシマ）」というキーワードで、

名古屋の家族が迷惑することは見えている。

しかし結婚式は、秋田で行われる。

半世紀も前のことだ。

意識の上だけでも、秋田と名古屋はかなり離れていた。

交通状況、旅館状況もなかなか大変だった。

そこで考えた。名古屋で「婚約披露宴」を開こうと・・・。

最後のでっち上げを、名古屋で、しっとりと、しかし一見豪勢に行って、名古屋衆を「なるほど」と頷かせよう。

父母や、きょうだい達に迷惑をかけないようにしよう。

それから、静かに、堂々と秋田へ嫁ごうと・・・。

父母は、「はるばる秋田までお出で頂くのは、申しわけないので・・・」と言いながら、名古屋では、知る人ぞ知る、大きな料亭に皆を招待した。

後ほど料亭から、父親が特別に感謝されたところから推測すると、想定外の人数だったらしい。

私は、遠目には白地に金銀の小花が舞っているように見えるドレスを着た。

「自分が服に勝つ!」という自信を持つことで、どう考えても手抜き作品だったドレスを美しく見せたにちがいない。背筋をピンと伸ばし、最高の笑顔を見せると···
教え子たちの「わあ!」という "カワイイ歓声" と "どよめき" が起き、私はこの計画が大成功したと確信した。

全て私が主人公になり、ドレスや、自信たっぷりの最高の笑顔で、観客を魅了し、婚約披露宴を終了させる予定だったのに、次の瞬間にすべてがくつがえされる···

予定されていなかったことが起こった。
終始、ニコヤカに静かに座っていた雄一青年が、突然立ちあがったのである。

そして、皆の前へスタスタと···。
なにか話し始めた。
彼は、きっと素晴しい話をしてくれたはずなのだが、申しわけない程、まったく記憶に残っていない···

スピーチがおわるや、雄一青年の手に、どこから出てきたのか、まるで手品のように、スッと、**一本の笛**が・・・

やおら、笛を口に近づけたかと思うと、とても美しい曲が流れ始めたのである。

なんと、その曲は、彼の作曲による「**知子へ**」・・・

予期せぬ出来事に、会場はかたまり、皆、何か魔法にかかったように、ジーーッと耳を傾けている。

終わると、なんとも表現しにくい叫びにも似た歓声が、会場を満たした。
拍手は、しばらく続いた。

はちきれんばかりの笑顔で、「**おめでとう!**」の言葉が飛び交った。
かくして、婚約披露宴は終了。

おかしな話だが、

私は、これから自分が嫁ごうとしている雄一青年が、演奏や、作曲もするほど音楽にも夢中だったということを知らなかった・・・

「でっち上げ」アイディアはまちがいなく成功したが、

雄一青年によって「あれっ？　やられたの?」

という意識が未だに残っている。

10.　あれっ？　また、やられた?

結婚式の２日前、私はキクさんのもとを訪れた。

「お母さん!」と初めて、呼びかける私に、キクさんが、ちょっと照れたように、「ン?」

「ここに、ウェディングドレスをかけておいていい?

シワつかない様に・・・」と、壁の上の方を見上げて、許可を求めると、

「カケレ!」と、場所をアゴで示してくれた。

「これが、アンタが着る衣装か!」
ジーッと見つめていて、さらに、ポツリとひとこと・・・

「ワダスモキデミデナ」
「私も着てみたいな」と理解した私は、急に楽しくなってしまい、キクさんが一気に大好きになってしまった。

「着て! 着て! 着てみて!」とけしかけて・・・。

「エンダガ(いいのね)?」のキクさんの一言で、大騒ぎとなった。

当時の私は、身長164cm、体重49kg。
キクさんはというと・・・身長148cm、体重75kg・・・

体格差は推して知るべし。

「ヨイショ、ヨイショ」と、キクさんは、ドレスに脚を入れた。
「ヨシ! 次は腕よ」
右、左と脚の様な腕を袖に押し込み・・・。

これもナントカ・・・入った。

「オヤ！　スカート、ナゲゴド（＝長いわね）！」
（そりゃそうである・・・）

背中のファスナーが上がらない。（上がるはずもない・・・）

首回りの鍵ホックは・・・
なんとか引っかかった。（ボンレスハムの様である・・・）

パンパンに伸びきったドレスの背中は、大胆な**セクシーショット**に
なっていた。

姿見に、キクさんを映し（前面のみ・・・）

「ほら、お母さん、見て！　素敵よ！　よく似合うわ！・・・
背中を見せなければ問題ないわ！」

「**ちょっと待ッテレ！**」というなり、キクさんは、長いドレスをズリ
ズリとひきずりながら、歩きづらそうに隣の部屋へ。

しばらくすると、その手には、美しい、赤い生地の綿入りハンテン

が・・・。

フッ、フッ、フッ　と独特の「鼻笑い」をしながら、
キクさんは、それを羽織り、背中の大開放部分は隠された。真っ白い
ウェディングドレスの上の赤いハンテンは・・・

なかなか斬新なファッション!・・・

「ワダスダバ、6人モ子供産ンダ。ダドモミナ "オドゴ" ダベ? "オ
ナゴ" ホスガッタ。コンタアゲノキヘデガタァ。ダガラアンダサキヘ
ルドッテ　コシャイデオイダ!　コイガラマモナグサビクナルベ。エ
デキレ!」
（＝私は6人も子供を産んだ。だけれど全員男でしょ?　女の子、欲
しかった。こんな赤いのを着せたかったァ。だから貴女に着せる為に
作っておいた。これから間も無く寒くなるでしょ?　家で着なさい!）

キクさんは、あっと言う間にウェディングドレスをぬいで、壁にトン
トントンとしわを伸ばすようにたたき、かけた。

そして、愛しくてたまらないように、赤いハンテンを丁寧にたたみ、
風呂敷に包んで、「ハイッ」と私の手に。

キクさんは、私に、手作りの赤いハンテンを渡すチャンスを、自ら作

31

ったのか・・・!

「あれっ?　また、やられた?　キクさんにも?」

11.　いつでも帰っておいで

さあ、いよいよ、秋田での生活のスタートである。普通なら・・・

ワクワク・・・
楽しい・・・
幸せ・・・
というような言葉が素直に並ぶのであろうが、私の場合は、ちょっと
ニュアンスが違っていた。

私は、普通の人には、信じてもらえないような**育ち方**をしていた。

嫁入りするまで、

台所に立ったことはなく、
洗濯をしたこともなく、
掃除をしたこともなかった。

そういう娘が、秋田で、ごく普通の主婦らしく演技しようとしてい

た。

さあ、明日は、結婚式・・・。

式の前夜は、名古屋の５人の家族と共に、ホテルで過ごした。

父、母、弟、妹２人と・・・

「最後の夜」と考えると、「別れ」と「出発」の思いが行き交う。
なんだか　ヘタな事は言えない　という雰囲気が漂い・・・
まさに最後の晩餐のような夕食だった。

静かに静かに、秋田の甘い酒「爛漫」のおいしさに、ふんわり酔いしれた・・・フリをし、全員がなんとなく物悲しい雰囲気になってきていた。・・・

誰もが認める　"カタブツ"である父は、当たり前のように無口に、ただただ酒を飲んでいた。

・・・と、突然、その父が、手に持っていた杯を、グイッと空けるや、それを、じっと見つめながら、口を開いた。
今までに無いような大きな声で・・・
「知子ちゃん、イヤになったら、いつでも帰っておいで!」

その場の雰囲気は、一転した。

「まあ、なんということを!」と、母が驚いたように、半腰をあげた・・・

「だいぶ、酔っ払ったな!」と弟が苦笑いしながら・・・

「そんなこと、言っちゃいけないよ!」と上の妹が、にらむように・・・

「お父ちゃん、だめだよー!」と、もう一人の妹が、オロオロして・・・

私は誰にも負けじと、大声で叫んだ。

「大丈夫! すぐ帰るからね! 待っててね! お父ちゃん、ありがとう。うれしい! すぐにでも安心して離婚できるわ!」

そして、「爛漫」を、父の杯になみなみとついだ。

父の目はやさしかったが、私の一言にビックリ仰天しているようにも見えた。

「いつでも帰っておいで」・・・
いつでも帰っていい場所があるのだ・・・だったら、気楽に結婚出来

る!

後になって、父の言葉が最高の優しさだったのだと気付いた。

私の気持が上手にコントロールされている気もした。
（さすが父である・・・）

さあ、今度は私が雄一青年の気持ちをコントロールする番かな・・・!?

12. 誓いの言葉・・・

いよいよ、結婚式当日!

父の横顔を、
「"いつでも帰っておいで"ですって?　そうはいかないわよ。」
と微笑みながら睨みつけ、教会へ向かった。

見上げるカトリック教会は、青空に映えて、まばゆかった。

秋田側で私の知っている人は、キクさんと、３人の雄一青年の弟だけ・・・。

これほど、気分的に　"ラク"なことはない!

私は、ただ "ニコニコ" していればいい。

実にすがすがしく、すっきりと、青空に負けずに、式は進んだ。

過去に、私が名古屋で、お世話になった神父達と同じく、祭壇の神父が、"日本人ではなかった" 事が、何よりの救いに感じられた。

神父の日本語は、"ギコチナイ　カタコト" であった為、より新鮮な、意味のあるものの様に響いた。
神父のひとこと、ひとことをゆっくり、かみしめながら、神の御前で、幼い頃から大好きな言葉であった「お仕えしまあす」を、私はひたすらくりかえしていた・・・

神父にならい、神に誓いの言葉を繰り返すふたりを後ろから、二階から、覆うように、包むように、美しい合唱が響いていた。

「アベ・マリア」であった。
「秋田大学混声合唱団と聖霊短大付属高校２年Ｃ組（雄一青年が担任をしていたクラス）からなる合唱団」によるものであったと、後になって聞いた。
雄一青年の鼻高々な、得意げな顔が、妙に印象的だった。

そして、その表情を見つめる神父の顔は、それを戒めているようにも

見えた。

一方、私は・・・
その**雄一青年の得意げな表情**を、"どう上手にコントロールしていくか"とフラチな計画を、こっそりと、したたかに立てる・・・

教会の鐘の音は、九月の空に、響き渡った。

さわやかに
のびやかに
・・・・・・・・したたかに（?）

そして、その神父は数年後に殺人事件によって・・・・**殺された**。

理由は覚えていない・・・

13.「馬のクソ」？

不謹慎な話かもしれないが・・・

結婚によって、何を期待したかというと、苗字が「工藤」に変わることだった・・・かもしれない。
私の旧姓は、「水野」。

幼少の頃の話になるが、

私の祖父（水野　小治郎）の実家のある村へ行くと、会う人逢う人が、

「**小治郎さん**」と祖父に呼びかける。

誰も「**水野さん**」とは声をかけない。

祖父も、「**太郎さん**」「**次郎さん**」「**三郎さん**」と苗字ではなく、名前で声をかける。

とても不思議な気がして聞いてみたことがある。

私　　「おじいちゃん、どうして、みんな名前で呼び合うの?　苗字じゃないの?」

祖父　「アッタリミャアダギャア。ミィンナ、**水野**ダガヤ。苗字デ呼ンダリシタラ、ゼエンブ『**水野さん**』ダガヤ。ココハ、**濃尾平野**のドマンナカダガネ!　水ト野原ダケダギャア。ミィンナ米作ットルドンビャクショウバッカリダデ」（＝当たり前だよ。皆、水野だもの。苗字で呼んでたら、全部「水野さん」だよ。ここは、濃尾平野のド真ん中だろう?　水と野原しか無いもの。皆、米を作っているドン百姓ばかりだよ。）

納得はしたが、非常に面白くなかった。

「**水野**」に生まれた事を呪わしくさえ思った・・・

それから十数年経ち・・・大学に通うようになっていた私は、ステキな

フランス語の先生「工藤教授」に一目惚れした。最高の憧れの存在だった。

初めて聞いた姓だった。
心のどこかで、勝手に "勇ましい武将" を想い浮かべ・・・名古屋市の電話帳を調べてみると・・・

やはり、工藤姓の人物はたったの３人!

少ない!　貴重だ!

ついでに水野姓の人数も調べてみた・・・な、な、なんと、10 ページ繰っても終わらない!
「"工藤はめずらしい"!」

ワクワクして秋田にやって来たのだった。
さあ!　今日から、私は、「工藤知子」!
ひとりで、とても興奮していた。

主人の雄一を送り出し「自分の住む町を見てみよう!」と、雄一の実家へ向かって歩き出した。歩きながら・・・

「今日から、工藤知子!」と口ずさんでいた・・・

すると、最初に目に飛び込んできたのが、「工藤商店」という看板。
数メーターも行かないうちに「クドウスポーツ」という看板。
「くだもののクドウ」「建築の工藤」・・・・・・・・

なんと、40分程の行程に、13件の「クドウ」と名乗る店舗が・・・表札
が・・・

度肝を抜かれた・・・

それでも信じられない気持で、実家にいた雄一の弟に、サラリと聞い
てみた。

「秋田には、工藤って名前、多いの?」

「ンダヨ。"サ○トウ" "工藤"は馬のクソだよ。
うちの裏の家も工藤だべ?」

あら、工藤知子は馬のクソ?

なんということだ!
　"勇ましい武将"のように、高貴な存在になるつもりだったのに、
選りによって、クソまで落ちるとは・・・!

14. ヨシッ！　工藤知子は馬のクソ！

ところが、

この義弟の言葉「 “工藤”は馬のクソ」は、私の心の中で、何回も
繰り返された。なぜか、何かひっかかるものを感じて、何回も・・・。

そして、突然、「馬のクソ」という言葉が、私を小学校の日々へと、
グングン引き戻していった・・・

小学校３年生から、私の日々は、名古屋市の真ん中を走る中央線での
汽車通学に変わった。
「ポーッ」と汽笛を鳴らし、「シュッ　シュッ」と真っ白な煙を吐い
て走るSLでの通学になっていた。
線路沿いの道を、大曽根駅まで・・・、時には、汽車と競争しながら、
毎日往復した。
子供の足で、20分程度の道のりだった。

道には、いつも、駅に出入りする沢山の馬車が行き来していた。

通い始めて、２・３カ月も経ったろうか・・・、自然に、馬車にしのび
乗るテクニックを身につけた。もちろん荷物を積んでいる馬車に・・・。

41

荷物の後ろにしのび乗るのである。荷物の陰になるから、馬車を操る
オジサンからは見えない。
ニヤニヤして、足をプランプランさせているうちに、駅に着く。

一度うまくいくと、「名人」という錯覚を覚える。
荷物がそんなに無くても、そっと静かに乗る・・・オジサンが振り向か
ないように、気を付けて・・・

揺れに合わせ、足をプランプランさせて、駅の近くまで行く。
タイミングを見計らって、スルリと滑り落ち、駅へ走り込む。

運悪く見つかって「コラッ」と、どなられたこともあった。顔を覚え
られて、乗る前から、怒鳴られるという理不尽なことも・・・。
１年もしないうちに、「かわいく思ってくれる」オジサンもあらわれ
た。
「トモチャン　乗れ!」とアゴで・・・。
オジサンの膝の間に座らせてもらい、手綱もいっしょに掴ませても
らった事もあった。
自分の手綱で、大きな大きな馬が歩く!
自分のまん前を、恐ろしいくらいに大きな馬のお尻が、
モックモックと動く・・・

だんだん私がこのオジサンの馬車だけを狙うようになったある日、

いつもの様にオジサンの膝の間に座らせてもらうと、突然、馬のしっぽが、スーッと真上にきれいに上がり、初めての光景が、目の前に展開した。

まあるい巨大なボールのようなものが、突然出現し、
ドッタン・ドッタンと・・・
物凄い量のカタマリが地面に落ちていった。
まるで巨大なオハギ製造機のように・・・。

私　「おじちゃん、あのまぁるいの、馬のウンコ?」

オジサン　「そうだよ。トモチャンの身体の大きさぐらい出てただろ?」

私　「ウン、凄くたくさん出てた!　おシリ、拭かなくてもいいの?」

オジサン　「ほら、よく見てごらん。自分の尻尾で払いながら歩いてるだろ?」

私「すごいんだね。ウマのウンコ!　あんなにイッパイ出るなんて!　上手に出して、拭かなくてもいいなんて!　知らなかったぁ!」

馬の巨体から出るウンコは、私のナニカ大きい**物**への憧れへと結び

つき、何故か馬が大好きになったっけ・・・。

　　（決してウンコが好きなワケではない・・・）

が、おとうと（義弟）のひとこと「馬のクソ」で、「そんなあ」とガックリしたはずの気持ちがコロッとひっくり返ってしまったことは事実だ・・・

ヨシッ！　工藤知子は、馬のクソ！
新しい名前に誇りをもってスタート・・・！

15. お仕えしまぁす

きわめて爽やかに、
ファイト満々で、
少しの迷いもなく、

まさに　馬が

タテガミをなびかせ、
天に向かって嘶き、
さっそうと走りだす気分での出発だ!

結婚式の間、神父の言葉に合わせ、何回となく私は心の中で、「お仕えしまぁす」と繰り返していたことは、前に述べたが・・・。

この「お仕えしまぁす」は、私の「おままごと」言葉だった。

私は、同じ年頃の子供と遊ぶよりも、「ひとりおままごと」をしながら、この言葉で遊んでいた。

父からもらった「およめさん」という絵本が手本だった。

ページを開くと、「おつかえします」と馬車に乗るにこやかな花嫁さ

ん・・・

美しい指をそろえ、「おつかえします」と頭を下げる花嫁さ
んがいた。

「おはようございます」
「いってらっしゃいませ」
「おかえりなさいませ」
という"あいさつの言葉"の間に、

竈_{かまど}の釜でごはんを炊き、
湯気をあげるご飯を茶碗によそい、
箒_{ほうき}とはたきで掃除する
　"お嫁さん像"が描かれていた。

そんなお嫁さん像に対して私は・・・

　　　（挨拶だけは出来る自信があったのだが・・・）

台所に立ったことは無く、
洗濯をしたことも無く、
掃除をしたことさえも無かった。

描いた様な「お嫁さん」に憧れを持ち続けていた自分が、何も花嫁修業をしてこなかった事が、この時点になって、不思議といえば、不思議ではあったが、・・・

雄一青年にさえ、私が "家事の出来ない嫁" だという事実を気付かせなかった・・・（と思う。）

「ン?」

勝手に炊飯器にまかせれば、どんなごはんも炊けるのか?　洗濯機の中に、ただモノをつっこめば、ちゃんと洗えるのか?
掃除機で机の上もきれいにできるのか・・・?
そうだ!
「ダンナ様のお育ち」を知らなければならないのでは?
何を食べ、どのような物を身につけてきたのか?
我慢できる汚れの限界は?

ひらめいた!
旦那様のお育ちを知るためには・・・

キクさん（姑）を知ることだ!・・・

できるだけ、キクさんにくっつくことに勝手に決めた・・・じっとキク

さんを見つめればいい。

自然に見えてくる・・・

あれ？　キクさんにお仕えするんだっけ？

16. キクさん言葉を

キクさんには、独特の言葉があった。
「キクさん語録」 というタイトルで、本が一冊書けそうなほど・・・

一日も早く、秋田の言葉に、私を慣れさせたいと思ってくれたのかも
しれない・・・
キクさんはとにかく、独特な秋田弁で楽しませてくれた。

＊「ジェンコダバ、イッペアル」

ある日、工藤家の実家（キクさんの家）が、・・・**妙に新しい事に気付**
いた。

私が嫁いで来るにあたり、改築していたらしい・・・

給食のオバサンをしながら４人の子供を育て、まだ２人の息子に、

毎月仕送りをしているはず・・・

どこにそんなお金が?・・・と気になって・・・

私　　「私のために?　わざわざ改築を?」

キクさん　　「ん?　ジェンコダバイッペアル（お金なら、いっぱいあ
　　　　るわよ）。ギンコサイゲバナ（銀行へ行けばね）。ヒドノカネダド
　　　　モナ（他人のお金だけれどもね）。」

キクさんは「フフフ」と鼻で笑った。

ジェンコダバ、イッペアル。
ギンコサイゲバナ。
ヒドノカネダドモナ。

2人の間で、事あるごとに、繰り返されるようになった。

（私が、秋田に嫁いで、2年ほど経った頃だったか、ポロリとキクさ
んの口からこぼれた一言があった。「雄一は長男ダベ?　女手一つだ
と、『嫁もちゃんと迎えられネノカ（迎えられないのか）』って、人に
言われテグネガタ（言われたくなかった）。がんばった!」と・・・）

49

＊「パンツトッケネバ」

キクさんの帰宅を、待っていると・・・

二軒隣の床屋のカァサンの声がはっきり聞こえてきた。

床屋のカァサン　「寄ッテゲ、オ茶ッコ飲ンデゲ！（寄っていかない？
　　　　お茶飲みましょうよ）」

キクさん　「パンツトッケネバ！（下着をとりかえなくっちゃ）」

床屋のカァサン　「アヤ　ンダァ。ヒエバ、アドデナ！（あら、そう
　　　　なの！　じゃ、後でね）」

キクさん　「ワガタ。（わかった）」

帰宅後、キクさんはトイレをすますと、さっさと自分の席へ座りこん
で、世間話を始めてしまった。
お茶を煎れながら・・・。パンツを取り換えた気配はない。

私　「おかあさん、床屋のカァサントコ行かなくていいの？」

キクさん　「ナシテ（なぜ）？」

私　「床屋のカァサン、待ってるんじゃないの?」

キクさん　「パンツトッケネバネッテバ、一大事ダド思ウベ?　アド
　　　コネッテワガテルノヨ。(もう来ないって、わかってるのよ)」

＊「トウサン　アガレ」

良くも悪くも、なんとなく都合の悪い雰囲気がおこると・・・

「父さん　上がれ!」と、

キクさんが突然、玄関の方を見て、大きな声で叫ぶ・・・

亡き飛雄太郎氏(雄一の父)が玄関にいるらしい・・・

私はびっくりして、玄関の方を見る。
誰もいない。扉が開いた気配もない。

「オヤァ。トウサン　イマ　ソゴサ　スワッテダンダヤ・・・モウカエ
ッタナガ・・・(あら、お父さんは、今そこに座っていたのよ。もう帰
っちゃったのかしら)」と、キクさんが低い声で、がっかりしたよう
につぶやく。

ゾーーッとして、私は口をつぐむ。

仏壇の父さんの微笑みが妙に不気味だった。

その時点では、もう何が都合が悪かったのかも、ぶっ飛んでしまっていた。

＊「そうはイガノマナグ」

「そうはいかないわよ」とキクさんが言いたい時、必ず
「そうはイガノマナグ」と言って、私を見た。

私　「おかあさん、こう答えたらどう?」
　　「ここは、こんな風にしたら?」
　　「こんなの、無視しちゃえば?」

というような問いに対し、いつも・・・

キクさん　「そうはイガノマナグ！（フフフと鼻がピクピク）」

マナグ・・・とは、秋田弁で眼の事であり・・・烏賊の大きい黒い眼球が
にらむ光景を想像させ、

「そうはいかないよ!」

と、印象付けたい意図があったのだろうか・・・?

*♪アリガトウナライモムシハタチ‥♪

キクさんは照れ屋さんだった・・・らしい

私が「ありがとう」というと、ものすごく長い返事が返ってきた。歌うように・・・「アリガトウナラ　イモムシハタチ　アタシャジュウクデ　ヨメイリダ～（＝蟻が10歳なら、芋虫は20歳、私は19歳で嫁入りだ)」と。

そこで思い出したことが・・・秋田へ嫁いですぐに、義弟から、「いちいち“ありがとう”なんて言わなくていい。他人行儀だ。」といわれ、キョトンとしたことがあった。

私の生活には、幼い頃から「ありがとう」という言葉が飛び交っていた。ぼんやりものの私は常に人に迷惑をかけていたような気がする。「ありがとう」で明け暮れていた。息をするのと同じくらいに・・・よくよく回りに注意してみて、後からわかった。秋田では、「どうも」が、私の使っていた「ありがとう」と同じらしい。

そこで、私は、**キクさん言葉**を実行した。

雄一が「ありがとう」と言ってくれると、すぐに

知子　「アリガトウナラ　イモムシハタチ　アタシャ<u>ニジュク</u>デヨ
　　　　メイリダ。」

雄一の屈託のない笑顔がかわいかった。・・・「母」の力はスゴイ!

*「イギデルヒトサギナ」

「イギデルヒトサギナ」・・・何回もそう聞いたような気がした。

キクさんが出かける時に・・・
帰宅した瞬間に・・・

キクさんの右手が、ヒョイッとあがり・・・
仏壇の父さんの遺影に向かってニコリ・・・

「イギテルヒトサギナ!」

どうやら、仏壇の世話や、手を合わせる時間よりも、生きている人
（自分たち）の為に、先に時間を使っちゃってゴメンね!という意味
らしい・・・

「生きている人が先よ」と・・・

合理的だ。

その合理主義は、仏壇に関する話以外においても、その後の私の人生に多大なる影響を及ぼし、雄一にも息子にも染みついているようである。

（決して仏壇の世話を怠っている訳ではない・・・要は・・・順番の問題である。）
今となっては、きっとあの世でキクさんも、
飛雄太郎氏も・・・笑って許してくれている・・・はずである。

こんなキクさん語録は、こんな風に使われた。

キクさん　「パンツトッケネバ・・・」・・・窓の外から聞こえてくる。
すぐに玄関の扉が開く・・・

知子　　　「あ、おかえりなさい」
キクさん　「オヤ、キテダ（＝あら、来てたの）？」
知子　　　「（わかってるクセに・・・）先ず、お手洗いね?」
キクさん　「そうはイガノマナグ。早く冷蔵庫サイレレ（＝早く冷蔵

庫に入れなさい）！」

「イギデルヒトサギナ！」と仏壇に片手を挙げ、グイッと差し出されたキクさんの手には、美味しいものがいっぱい入った袋が！（雄一と私のための魚やフルーツ等・・・）

知子　　　「凄──い！　おいしそう！　おかあさん、ありがとう！

キクさん　「アリガトウナライモムシハタチ　アタシャジュウクデ
　　　　　ヨメイリダ」

知子　　　「アタシャ　ニジュクデヨメニキタ！　わあ、お刺身まで、
　　　　　入っている。高かったでしょ?」

キクさん　「ジェンコダバイッペアル、ギンコサイケバナ、ヒドノ
　　　　　カネダドモナ」

知子　　　「毎日、こんなにしてもらったら、申しわけなくて来られ
　　　　　なくなるわ・・・・」

キクさん　「ア！　トウサンアガレ！」

キクさんは、ギュウッと首を伸ばして玄関を見る・・・玄関にはだれもいない・・・話は終了し、次の話題へと・・・。

キクさんとの会話は、どんな場合もこんな調子。
言い争いや、口喧嘩等に発展する要素は一切生まれなかった。

さすがジュウクで嫁入りし、鍛えただけはある・・・上手だった。

ただし名古屋から来た私に、これらの語録が、そく定着するかという
と・・・

そうはイガノマナグだった・・・（笑）

ニジュウクで嫁に来た私は、さぞかし**鍛えがいのある嫁**だっただろ
うと・・・今になって思える。

しかし・・・
「パンツトッケネバ」・・・
だけは、未だに使用する場面に私は出合っていない。

The second dish.　（二皿目）

17. ヤリクリ・・・ヤリクリ・・・ヤリクリ・・・

秋田での新しい生活が始まり・・・「やりくり」という言葉に、直面した。

「給料」で、どう生活していくのか・・・?

雄一は、給料袋を自ら開けたことの無い人で、彼の給料は、まっすぐにキクさんの手に渡っていた。

まだ学生であった二人の弟たちへの仕送りもあり、雄一とキクさんの給料を合わせて生活していた。
それが長男である雄一の勤めだった。

ところが、雄一の結婚により、初月から、雄一の給料袋はまっすぐに私の手に来た。

私はワクワクと給料袋を開け、使い方計画をたてた。
弟への仕送り分を、キクさんに・・・っと、
家賃を大家さんに・・・っと。雄一への「おこづかい」を・・・っと。

あれ・・・?

　　　生活費は?

　　　　　コレダケで?

「ヤリクリ・・・ヤリクリ・・・ヤリクリ・・・」と念仏をとなえるようにつ
ぶやきながら・・・・・いつものように、町に出た。

18．私のアダ名

「おやぁ!　きょうも元気だな!」

玄関を出ると、数件先にある、いつもの「ナンデモヤ (?)」のオバサン
が、声をかけてくれた。
今回は、**待ちかねていた**ような雰囲気で・・・。
ニッコリの仕方がいつもとは違う・・・

「オグサン!　ホッダラボウス、ヤメレ。カッカッカッテ、ソッタニ
　デッケオドタデデ　アルグモンデネ!　ヒドサアンダ　ナントヨ
バエデルガ　シッテルガ?（＝奥さん、そんな帽子はやめなさいよ。
カッカッカッとそんなに大きな音をたてて歩くものじゃないわよ。
人にあなたが何と呼ばれているか、知っているの) ?」と。

私は大きな声で聞きかえした・・・
「何と呼ばれているのですか?」

オバサンは、私の耳にグッと顔を近づけて・・・
「ヘヨコズィギダ」・・・そう聞こえた。

よくよく聞き返し、わかった!
なんと!
「西洋乞食」
だった・・・!

19.「西洋乞食」ですって?

西洋乞食・・西洋乞食・・西洋乞食・・・昔読みふけった西洋文学の世界
に私が登場したかのような錯覚を覚えた。

1968 年頃の秋田の人にとって、私は・・・ "異様" だったのだろう。

私は、名古屋での服装のまま、秋田の街を闊歩していた。
「そくらてすのツマ」の表紙の魔女の姿は、まさに私の姿だった。

魔女の帽子ほど、てっぺんはトガッテはいなかったが、すっぽりと顔
は隠れるほどのツバの広い黒いものをかぶっていた。

好きなことをつぶやき、ニヤニヤしてもばれず、気楽だった・・・

人気の少ない秋田の道では、実にステキにハイヒールの音が響き、楽しかった。

時には、調子に乗って、カッ、カッ、カカッ、カッ、カッ、カカッと・・・。

「**西洋乞食**ですって？　最高のニックネームだわ!
すごーーいセンスを持っていらっしゃるわね!　私、そんなに外国人みたい?　ありがとう!　嬉しいわあ!」と一気にしゃべって・・・、ナンデモヤオバサンの手をぎゅーっと握りしめてしまった。

「ンダア!　アンダガ　ホエデエンダバ　エエ（あなたがそれでいいのなら、いい)」とオバサンは、ムスッとつぶやいたような・・・

その表情は明らかに、「親切に教えてヤッタのに」という感じだったような・・・

「西洋乞食って呼ばれているんだ!」・・・
不思議に、妙に、満たされた気分・・・!
その時、思い出した・・・

"とーってもおいしい乞食飴"を。

61

20. とーってもおいしい乞食飴が、

5歳ごろだったか・・・なぜかわからないが、私は、日々、門付けをして<ruby>門付け<rt>か ど づ</rt></ruby>けをしていた・・・　祖母の集団といっしょに。

子供は私だけで、いつも先頭に立っていた・・・。
{注・門付けとは、家々の門口で芸能を演じ、金品をもらう事}

♪　ひーとーにー、うーらーみーはー、なーけーれーどーもーー♪

と、精一杯の声で詠い、手に持った鈴をふり、鐘をたたいていた・・・

白い衣装を着せられ、手甲脚絆をつけて・・・。<ruby>手甲脚絆<rt>テコウキャハン</rt></ruby>をつけて・・・。
私が大きな声で御詠歌をとなえ終わり、最後の鐘を鳴らすと、どの家でも、必ず、オジイチャンかオバアチャンが、とび出るように出てきて、ニコニコと、「飴」を一握りくれた。

何10軒も門付けし、胸に下げた袋には、毎回沢山の飴が溜まり、とーっても嬉しかった。

私の後ろのバアチャンたちは、お金を貰っていた。

帰宅後、貰った飴の袋を得意げに見せる私に向かって、母は、「乞食

飴なんていらないわ」と不愉快そうにつぶやき、目は祖母に鋭く・・・

祖母は、「トモチャンがもらったんだよ。全部トモちゃんが、なめやぁ。」と、素知らぬ顔をして、スッと自分の部屋へ。

この状況下、母とその姑である私の祖母との間に、どんな抗争が繰り広げられていたのかを、私は知る由もない。

私にとっては、

　　"とーってもおいしい飴" の方が、 "とーっても大事" だった。

21.　いっしよにペロペロしよう

とーってもおいしい乞食飴をペロペロしながら、近くの名古屋城に行ったことがあったっけ・・・

お堀のたもとには、兵隊さんの帽子をかぶって、白い着物を着た人たちが並ぶように座っていた。
手が無かったり、脚が無い人もいた。
顔がオカシクゆがんでいる人も・・・

説明のつかない気持でいっぱいになってしまったような気がする・・・
なにげなく、私の手をひいていた人に聞いてみた・・・

「あの人たち、兵隊さん?」と・・・

「ホダヨ（=そうだよ）。戦争が終わったから、帰ってきたけど、ケガして、体ガモウ使エンデショウ。ダカラ乞食ヲシトルンダガネ。」

乞食という言葉に、衝撃を受けた・・・

乞食飴を沢山持っていた私は、つながれていた手を振り切って、兵隊さんのもとへ走ってしまった。

「オジチャン、舐めてエ・・」と、乞食飴を一握り差し出した・・・

兵隊さんたちは、一瞬、ビックリしたようだったが、すぐ、一人のギコチナク動く手が伸びて来た。

「あ・り・が・と・う」と、私の耳にはシャガレ声が聞こえた。

「いっしょに舐めよう!」と、もうひとりが、ひとつを、私の口にもギュッと入れてくれた。
真っ黒な飴だった・・・。

兵隊さん達と私は、いっしょにニコニコしながら飴を舐めた。

ペロペロ　ペロペロ・・・

とーってもおいしかった・・

数日後、再び沢山の乞食飴を持ち、名古屋城を訪れ、あの楽しかっ
た・・・私の口に真っ黒な飴を押し込んでくれた兵隊さんは・・・?
いなくなっていた。

死んだと・・・

私にとっての　"乞食"のイメージが、

とーってもニコニコして、私の口に飴をギュッと入れてくれた・・・
"楽しい兵隊さんのイメージ"に固定された瞬間だった。

22.　真っ黒な乞食飴は

「ナンデモヤオバサン」の所で乞食飴を見つけた気がした。

私　　　　「おばさん、この黒いシズミって何?」
オバサン　「シ・ズ・ミ　よー」
目の前の樽には、「しずみ」と書かれた札がさされ、中には真っ黒な

乞食飴‥いや、しじみが沢山入っていた。

私　　　　「しじみなんですね?」

オバサン　「だから、シズミッテ　イッテルベ!　シズミキャンコよー（しじみ貝よー!)」

そのシジミ貝を、一すくい求めて、家に帰ると、食べるより早く、その貝殻を一粒一粒有り合わせのハギレでくるんで、ブローチを作った。

黒い魔女服に合うように、自分用には白っぽい布で・・・。

おばさん用には赤っぽい布で・・・。

翌日、「おばさん。このシズミ、ンメガダー（おいしかったー）」と、自分の胸につけたシジミ貝のブローチを指差すと・・・

一瞬、おばさんはキョトン!　そして・・・わかったらしい・・・「オヤァ!　イゴド（良いわねえ）!」

シメタ!　とばかりに、私は、「あ、いい?　嬉しい!　色々作ってみたのよー!（実際は、おばさん用にと 1 つだったが・・・）

これ、おばさんにどうかしら?」

66

強引に、赤いシジミブローチを、おばさんの胸に・・・
ばっちりだった。
「アラア！　イゴド!」えらく感激してくれた・・・

オバサン　「コゴ、糸切レデ、穴開イデダンダヤ！　隠レダナ（＝こ
　　　　　　こ、糸が切れて、穴があいてたのよ。隠れたわね）！」

私　「え!?　穴あいてたの?　知らなかったあ!」
　　（実は、知っていた・・・。）

真っ黒な黒飴、いや　黒シズミの赤いブローチは、茄子（なす）一個
に化けた!
いつのまにか、おばさんのスカートの裾あげ、ほつれ直し、ボタンつ
け・・・が、私の日課になっていった。

日がたつうちに、おばさんの洋服とは絶対に思えないものも、どんど
ん混じるようになっていったが・・・

金をもらったことはない。

漬物、干物や・・・ネギ2本を要求した事もあった。
おかげさまで、いつも美味しいものが、美しく食卓にならんだ。

そして、「ナンデモヤオバサン」の笑顔が、何よりも私には嬉しかった。

キクさんにもこの話をした・・・
「フフフ」とキクさんの鼻が、楽しそうに動いた。
その後、
キクさんからの日々の差し入れは減っていった・・・

・・・オットット

23.「ヘヨコズィギでーす!」

「西洋乞食」と、まわりが私の事を・・・?

いてもたっても　いられなくなって、会う人に片っ端から・・・

「こんにちは!　ヘヨコズィギです!」
「ヘヨコズィギでーす!」
「ヘヨコズィギですが・・・」

??????

「あれ・・・?　わたしのニックネーム・・・ヘヨコズィギ・・・でしょ?」

その都度・・・

キョトン???
「はぁ???」
「誰がぁ???」
「オヤ、ンダア？（あら、そうなの?)」
もの凄く不安になった。

誰が私の事を“ヘヨコズィギ”って呼んでいるのだろうか・・・

あ

ああ!
あああ!!

きっと命名犯人は、
　“ナンデモヤ　オバサン”・・・・

大家も、下駄屋も、布団屋も、酒屋も、誰も私が「ヘヨコズィギ」だ
とは、知らず・・・“ナンデモヤ　オバサン”だけが言っている・・・

推して知るべしである。

そして私は、自分で自分のアダ名を・・・「ヘヨコズィギ」を、まわり
に宣伝してしまった・・・！
が、不思議にどの人も皆、喜んでくれた。
「ピッタリだ」とも言ってくれた・・・

私は"ナンデモヤ　オバサン"を、一切とがめる気にはならなかった。
その後、会う人、会う人　皆実ににこやかに、必ず話しかけてくれる
ようになったからだ。

話しかけてくれる人たちの子どもたちが、我が家に定期的に来てく
れるようにもなっていった

・・・英語を学びに・・・
「英語教室」が順調に展開しているではないか！

あれ？
全て結果オーライ！

「ヘヨコズィギ」の完勝である！

24. 雄一のニックネームは?

「西洋乞食」が、すっかり自分のものになった頃、私は、英語の講師として聖霊短大へ通うようにもなっていた。

講義室の窓から見下ろす不気味な烏沼の上を、まるでヒッチコックの映画「鳥」の一場面のように、黒いカラスがいっぱい舞っていた。

そんなある日、「何か質問は···?」と、学生たちに聞いてみた···すると、モジモジしながら···

「雄一先生は、家（ウチ）で笑うことありますか?」···と。

聖霊短大である。

聖霊高校からの雄一の教え子からの質問だった。

「コワクないですか?」と続ける学生に、

私　「怖いですよ。ものすごーく！　毎日ビクビクしています!」と、

内心、ニヤニヤして、まじめに答えると···

その学生は、"そうでしょう〜?!?!"とばかりに、大きく頷き、大きな声で···

「『鬼の工藤』です。すっごく怖いでしょ!?

鬼でしょ!?」

学生の表情は、真剣そのもの。

鬼の妻になった私へ "興味シンシン" だった。

私は内心・・・

鬼?・・・・・・・・・・・・・・まさか!

家（ウチ）で笑うか?・・・・・・いつもニコニコ!

こわい?・・・・・・・・・・・・ぜ〜んぜん!

私は、雄一のきわめて屈託のない優しい笑顔しか見たことはない。

帰宅した雄一へ単刀直入に、学校でどう呼ばれているのか聞いてみた。「あなたのニックネームは?」

全て即答だった。

『鬼の工藤』『テストパターン』

『Mr. シームレス』『シュークリーム』

・・・と

＊『鬼の工藤』

とにかく常に大声で怒鳴るから。

朝礼では、「コラーッ」、「静かにしろーッ」、「ダマレーッ」と。

名札をつけていない生徒がいると、「名札はどうしたっ!」と。

＊『テストパターン』

テレビでの映り具合を見るために使う映像のような柄の同じネクタイを**常に**しているから。

＊『ミスター・シームレス』

ズボンの折り目線が、**常に**ついていないから。

＊『シュークリーム』

天然パーマの髪型は、**常に**シュークリームの形だから。

これらのニックネームを・・・???
名古屋にいた私の周りでも**常に**聞いていたような・・・アレレレ?

25．アレレレ?

私も、名古屋でもらっていた自分のニックネームを、即答できる!

『イジワル知子』『白衣の天使』
『シームレスさん』『ベテイちゃん』・・・と。

＊『イジワル知子』

英語教師である。言葉は、話すことに意味がある。どんどんあてて行く。次から次へとあてて行く。左右に順番を変える。「もうあたらな

73

いな」と気を抜いたように見える生徒がいると・・・すぐあてる。何回もあてる。イジワルな質問にも徹した。

*『白衣の天使』

物理の教授である父の白衣（実験着）を着て、教壇に立っていた。「今日は何を着ようか」と考える必要はない。
白衣はなんでも隠してくれる。白く、美しく・・・

*「シームレスさん」

後ろに線が無く気軽にはけるシームレス・ストッキングが発売された。機会あらば褒めまくった。
その度がすぎていたようである・・・いつの間にか・・・ニックネームに。

*『ベティちゃん』

ベティちゃんの髪型は、私の天然パーマにそっくりで、大好きだった。私は、折あらば、ベティちゃんの絵描き歌をうたい、絵を描いていた。
いつの間にか「ベティちゃん」と呼ばれ、嬉しかった。

♪おシリに豆挟んで

卵が割れて、卵が割れて

おつゆがたって、おつゆがこぼれて

おつゆがたって、おつゆがこぼれて

あっという間にベッテイちゃん！♪

『鬼の工藤』‥‥‥『イジワル知子』

『テストパターン』‥‥‥『白衣の天使』

『Mr. シームレス』‥‥‥『シームレスさん』

『シュークリーム』‥‥‥『ベテイちゃん』

所（トコロ）違えど‥‥由来は、ほぼ同じ。

秋田の聖霊と名古屋の聖霊‥‥聖霊高校の生徒のネイミングセンス

は同じという事だろうか‥‥？

そっくりのニックネームの教師２人が結婚した訳である。

何かライバル心のような気持ちが、私の中でムクムクと湧いてきた。

26.「知子さん、おはよう！」

同じ家の中に同じ役割の人が、2人いる必要はない。

外見上の問題は・・・どうにでもなる。

私は化けよう・・・！

口紅くらいしかつけたことのない私が、化粧を始めた。
朝一の化粧台で、別の自分に化ける。

「知子さん　おはよう！」と、鏡の中の私に声をかけ、その日のステージへ登場！
化けるとオモシロイ！・・・すっかりあこがれの**魔女**になった気分！

まさに「**奥様は魔女**」・・・鼻先さえピクピク動かせば・・・恐れ多い言葉も、簡単に、当たり前のように出てくる。

私は「**鬼の工藤専属魔女　イジワル知子**」になる事にした。

＊『テストパターン』対策

その日着用したネクタイは、ヒョイと隠した。

＊『Mr. シームレス』対策
アイロン線がゆるんできたズボンを見ると、
味噌汁や、コーヒーをわざとこぼし、
アイロンがけの終わったズボンに穿き替えさせた。

＊『シュークリーム』対策
毎朝、雄一のボサボサ頭を散々こけ落とし、
櫛・整髪料のありがたみを教育した。

イジワル知子に徹する事で、鬼の工藤が際立てば最高である。

27．意外な効果

そんなある日、町で偶然すれちがった婦人が、
「あなたの旦那さん、**鬼**って呼ばれてますよ。あまり厳しすぎるみた
いです。やりすぎですよ！」と。

またある日は、雄一は血だらけになって帰ってきた。

因縁をつけられ、喧嘩したらしい。(繁華街で・・・)
私はだまって、血に染まったシャツを洗った。

別の日には、ヒステリックな電話がかかってきた。

「工藤先生はあまりにも**鬼**です。娘が毎日泣いてます。
いつも、怒鳴られるようです。本当に**鬼**ですよ。もう我慢できません。
どんな手を使ってでも**クビ**にしてみせます!!」

・・・・・・・はぁ・・・

返答する間も無く、電話は切れた。

しかしクビになることは、なかった。

鬼の工藤専属魔女イジワル知子に徹する事で、実際に鬼の工藤が際立ち、周りに多大な影響を及ぼすようになっていった。

確かにボサボサ頭の、身だしなみもいい加減な教師から怒鳴られるよりも、断然、シャキッ、キリッとした "鬼感" たっぷりの姿から怒鳴られるほうが、迫力があったのだろう。雄一のキャラクターは、ドンドン鬼の理想像へと加速していったようだった。

28. 鬼の息子の証言

私には 2020 年現在 49 歳になる息子 "雄樹" がいるが、その息子にはいくつかの "鬼" にまつわるエピソードがあった。ここに、息子の証言を、彼の監修を受け、忠実に列挙してみる事にする。

*あんたが鬼の工藤の息子か!!!

息子が高校を卒業し、オートバイ屋に就職して以降・・・お客さん達や、友人達と一緒に夜の繁華街に繰り出す機会が頻繁にあったらしい。

そして、ホステスさん達が沢山いるような店に行った時の一幕。

最初は酒を飲み、カラオケで歌い、楽しく過ごしているのだが、いつ

も決まって、雄樹の友人の一言から息子の立場が悪くなる傾向にあったようだ・・・・。

雄樹の友人　「（雄樹を指差し）こいつの親父、聖霊高校のオッカネェ教師なんだぜ!!!」

ホステスさん　「????????????　あれ?　あんたの名前・・・工藤くんじゃなかった?」

雄樹　「シーーーーーーッ!!!」

結構ホステスさん達は聖霊高校出身が多かったらしく、

ホステスさん　「あーーーっ!!!『鬼の工藤』!!??」

ホステスさん数名　「えーーーっ!!!　私あんたの親父さんにメチャクチャ　イジメられたわよ!!!」

「私も!」

「私も!」

「私もーーーーっ!」

そしてその後から『鬼の工藤の息子』として、立場が悪くなり・・・

ホステスさん　「私達はあんたの親父さんにすごくイジメられたか
　　　　ら、あんたに仕返ししてやるの!!　イジメちゃうんだから!!」

・・みたいな状況で、雄樹はとても肩身の狭い思いをしたらしい。
最初のうちは、

雄樹　「俺の親父に対して呼び捨てはないだろう!!」

とか・・・

雄樹　「親父の話は関係ないだろう!!」

・・・とかと反抗していたらしいが、あまりにもホステスさんたちの攻
勢が強く、タジタジだったという事だった。

そして、雄樹の友人達はその光景を眺め、ニヤニヤ楽しんでいたと言
う・・・

鬼の工藤の影響力は絶大と言う事か・・・

＊トイレの電気

最近、秋田の繁華街で小さなライブ BAR をやっている息子からの話・・・

その日、カントリーソングを演奏するバンドが出演したという。

4人組のバンドで、60歳位のボーカル女性がマイクを手に・・・

「実は！　私は、ここの BAR のマスター（雄樹）のお父様の教え子なんです！　物凄く印象深い先生で・・・中略・・・いつも怒られ、ビクビクしていました。だから、在学中に工藤先生がトイレに入ると、いつも電気を消して逃げたり・・・という仕返しをしていました。（笑）」

来店の客を含め、一同大爆笑だったようだが、後日雄樹は雄一にその真実を確かめ・・・

雄一　「あぁ！　トイレの電気か！　よく消えたなぁ！　そいつが犯人だったか！」

と、やはり大爆笑だった。

29. 私が正妻（笑）

こんなこともあったっけ・・・

雄一殿の午前様の御帰還だった。かなりのゴキゲン状態。

玄関前に横付けされたタクシーの中には、スナックのママが一緒に乗っていた。

いつもの習慣で、雄一は、タクシーから降りると、トイレへまっしぐら。

あれ？　タクシーはそのまま留まったまま。

走り出す気配はない。

なぜか車の中のママは、じっと私を見つめている。

「送って下さって、ありがとう」の思いで、私が、タクシーに近付くと、

ママ　「奥様、私みたいなものに送られて、気分を悪くされたでしょう？　でもどうしても奥様に、一度、お話ししておきたかったんです。工藤先生を私にください！　私、工藤先生が、大好きなんです。愛してます。」

私が仰天してポカーンとしている間に、タクシーは闇夜に消えてい

った。

どうやら・・・鬼もオンナにはモテルらしい・・・（笑）

誰がどう頑張っても私が正妻。

"どんなもんだい！"と勝ち誇った瞬間だった。

完璧な "鬼の工藤" が仕上がった！とも思った。

30．ホーーッ！

雄一のもとへ嫁いできて、かなりの時が・・・そんな時・・・コウノトリが「新しい命」を運んできてくれた事に気づいた。雄一も今までに見た事の無いような笑顔で喜んでくれた。私の母の時代のように、「子を産まないから」と言って、家を追い出される危険性は無くなったのだ（笑）ホーーッ！

子育てを中心にすべきと考え、聖霊短大の卒業生達といっしょに、私も講師の職を卒業した。

そんな私にキクさんは、「オヤァ！　ヤメダノ？　ツヅケダホ、インデネガ？　ワダスミデニナッダラナントスナヤ？（＝辞めたの？　続けた方がいいんじゃないの？　私みたいになったらどうするの?)」と・・・

（4人の子供を残したまま、46歳の若さで逝ってしまった飛雄太郎
氏への思いがあったのであろう・・・。）

グッと私の胸を打つ言葉ではあったが・・・私の気持ちに変わりはな
かった。
私は、私の息子「雄樹」との奮闘記に全身全霊をかけていく事となる
のだ・・・

31．バレタ！

名古屋の母から「小さく産んで、大きく育てなさい！」と、教わって
いた私は、朝起きるとサラシの腹帯をしっかりきつく締める。
そして、1日が始まる。

有り合わせの洋服を、縫ったり摘まんだり、お腹が極力目立たないよ
うな服装にも心掛けて・・・

毎晩、「ヨシッ！　今日もバレなかった！」・・・なんて・・・
楽しいゲームだった。

そして、7ヶ月が過ぎた頃、ゴミ出しに出てきた大家さんの娘さんと
目があってしまった。
（後に息子の「雄樹」が高校帰りに大変お世話になることになる喫茶

店のママ・・・)

「あのう、奥さん!・・・」と意味ありげな表情で、近づいてきて・・・そっと「奥さん、ひょっとして、オメデタ?」と。

「ハイ、そうですけど・・・」とポソリ・・・（エッ?　バレタ?）

一番警戒していた人が、勝ち誇った様な笑顔を見せたので、少しシャクに障り・・・どうして、バレたのか聞いてみた。
すると、

偶然、スーパーマーケットのレジで、私の後に並び順番を待っていたら、レジカウンターに、買い物袋と同じような大きさの私のお腹がのっかって並んでいたと・・・

コウノトリさんが、息子をレジ袋に入れて持ってきてくれた・・・ような気がした。

私の妊娠は、放送局・・・いや・・・大家さんの娘さんにバレタ瞬間から、周知の事実となってゆく・・・より一層腹帯をきつく締めた事は、言うまでも無い・・・

32. ダンナさんは、お帰りなさい！

オッ？　生まれたがっているような気配が・・・！
まだ、余裕でひと月はある・・・と思っていたのに・・・

タクシーで、オロオロしている（?）雄一と一緒に産院へ。

車が到着した途端、待ち構えていた産婆さんの大きな声が響いた・・・

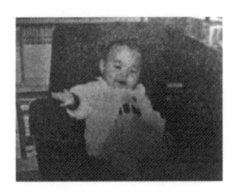

「旦那さんは、このままお帰り下さい。それでないと妊婦が甘えま
すからね!」

すぐ、乗ってきたタクシーで雄一は消えた。

雄一がいなくなった状況に、心の底からホッとした。

苦しみや痛みに耐える自分の「**醜い**」姿を雄一に見せる事は、私のプライドが許さなかったからだ。

私の母親はいつも、「お産って、本当に苦しいものよ。その苦しみや痛みに耐えるからこそ、その分、生まれてきた子がかわいいのよ」と言っていた。

さあ！　がんばるぞ!・・・どのくらいかわいい子なのかな?・・・

因みに、強烈な産みの苦しみに耐えたわりには、ジミ・・・と言われる息子が誕生する事となる・・・

33．名前は?

ある時、父に聞いてみた事がある・・・

「なんで、私の名前は**知子**?」

「僕が、**知識**が欲しかった時だったからねぇ。」

「なんで弟は、**直治**?」

「長男だから真**直**ぐに水野家を**治**めてもらわなくちゃ。」

「妹に、**はる**ってつけたのは?」

「春に生まれただろ?」

「次の**豊子**も、春でしょ?　ダブッたね?」
「ん?　**豊川**で生まれたじゃないか!」

人の名前と言うものは、このように簡単に付けられるものだと思っていた。

ただ自分の子は、初めて秋田で見て、感動した秋田杉のように、まっすぐに大きく伸びて行ってくれればいい・・・とだけ思っていた。

そんな時、「巨人の星」の主人公「飛雄馬」の大ファンである義弟が言った・・・

「生まれてくる子に『**ヒューマ**』って名前をつけようよ。
父さん (**飛雄**太郎) の飛と、兄さん (**雄**一) の雄を入れてさあ!」と。

実は、雄一兄弟は全員野球部出身・・・大の野球 (巨人) ファンである・・・

もちろん息子には野球をやらせたいに違いない。

生まれた時から野球の英才教育をしなければいけないような名前に、

私は若干困惑したが、『飛雄魔』・・・ならいいかな？　なんて不謹慎な事を考えていると、子供が生まれた。

雄一は私の気持ちを知ってか知らずか、すんなりと決めた。

「雄樹」大賛成した。

"大リーグボール養成ギブス"を子供に着用させなくても良さそうな名前だし、私の気持ちも入っている気がした。
秋田杉・・・"樹木"のように、のびのびと雄々しく育ってくれるだろう・・・

因みに・・・雄樹は、野球の"や"の字もわからぬ程に野球とは縁遠い人生をいまだに歩んでいる。

アメリカ・テネシー州にて

34. 知らん顔!

予定より一カ月以上も早く、世の中に顔を出したのである。2800gほどで・・・。

チッチャかった。

「小さく産んで・・・」は、クリア!

「さあ、大きくのびのびと、スクスクと育つんだよ!」と語りかけた。・・・・・・・知らん顔だった。

退院すると、私は真っ先に、意気揚々と、大家のもとを訪れた。
新しい家族を紹介しようと・・・。

私　「息子の雄樹です。よろしくお願いいたします。」

ニコニコと玄関先へ表れた大家さんは、私の腕の中を覗き込むや・・・

大家さん　「あらあ！　ジミだことー！」

この思いがけない言葉に、思わず大家さんの顔を見返した私に、

大家さん　「ジミだことー！」・・・ともう一度、更に大きな声で、念を
押すようにはっきりと。

そして　ポンと、雄樹の頬をはじいた！・・・

雄樹はやっぱり**知らん顔**だった。

私の頭の中では、「ジミ？・・・ジミ？・・・ジミ？」という言葉が、踊ってい
た・・・。秋田弁？

それとも標準語？　帰宅して、辞書をひくと・・・

地味・・・『人目をひかないこと、くすんでいること。』

私の息子は、地味？　人目をひかない？　くすんでいる？

雄一は、「大人のような立派な顔をしているということだと思うよ」

と・・毎晩帰宅すると、慰めてくれるようになっていた・・・

私共の議論を聞いてか聞かぬふりか・・・

雄樹はやっぱり**知らん顔**。

因みに・・・こんなに**地味**（?）な息子に育っています。

35. 因みに・・・

私の頭の中は、「桃太郎」の話の様に、「男は外（芝刈り）、女は家（洗濯）」の絵図になっていた。

「新しい命は、ちゃんと私がみている。安心して、外で、誰よりも男らしく振舞っていてほしい」が私の雄一への心からの願いだった。

それを知ってか知らずか、雄一はいわゆる"子育て"というような作業は一切しなかった。やらせなかった。
そして聖霊高校では、一段と「**鬼の工藤**」の名にふさわしく行動していたらしい。

よし、それでいい。

「おっ、今夜も川反（飲み屋街）で楽しんでくれたな!」と、思わずニコニコしてしまうくらい、マッコトご機嫌で、午前様のご帰還も、しょっちゅうだった。
いい仲間がいるらしい・・・

嬉しいことに、雄一には、雄樹の誕生という新しい私生活に加えて、新しい研究生活も、誕生していたのである。

私は、雄一が力説する魚の研究内容には何も興味が無く、**知らん顔**だった。魚は美味しく食べるものである。

しかし雄一が何か一つの事に没頭する姿を見るのは、幸せだった。
そして、実験後の鮭が食卓に並ぶ事も、幸せだった。

そして、雄樹を安心して私に任せてくれるように"子育て"をする事が、雄一への一番の応援だと解釈していた。
そして、雄一は1つの論文を誕生させた。

『Frequency analysis of olfactory response in fish by band-pass filters』帯域濾波器による魚の嗅覚中枢の脳波の周波数分析に関する‥‥内容らしいが‥‥

私は、その内容については無論興味は無く、チンプンカンプン。

でも、この成果も、雄樹の誕生による成果とも思え、誇らしい気持ちになった。

そして、雄樹も実験後の鮭を食し、研究内容には、無論**知らん顔**だった。

因みに、雄一の顔が、研究対象の鮭に似てきた‥‥という噂があった

とか無かったとか‥‥

36. 何かをたくらんでいる?

新しい命は、毎秒、成長している!
1秒でも見過ごしたら、大変なことに!‥‥そう思えた。
瞬きすることさえ惜しんで、私はひたすら雄樹を観察した。

「雄一なんて見ている暇は無い!」
と自分に言い聞かせながら、雄樹を観察した。

‥‥この姿勢こそ、私の雄一への「お仕えします」だと信じて。

雄一は絶対、「放っておいてくれてありがとう。勝手になんでもして

良いんだな・・・」と思っていたに違いない。

その後の雄一の態度がそれを物語っていた。

毎朝、雄一の後ろ姿が見えなくなるまで見送っていたが、彼の足取り
は、日に日に軽やかになっていった。

新しい命は、雄一の違う一面を私に見せ始めていたのかもしれない。

きっと"何かをたくらんでいる・・・"そう思った。

そして、それが現実と・・・。

37. 雄樹には開ける資格なし!

名古屋の実家から、折に触れて荷物が届いた。
「孫バカ」とでも思われるのを避けたのか、確実に
　"工藤雄一様　宛"で・・・

雄樹は荷物の中から、毎回自分への何かが出てくることを、いつの間
にか確信したようだった。

ある朝、荷物が届いた。

雄樹　「ナゴバアチャン（名古屋のおばあちゃん）カラダネ？　ナニ
　　　　ハイッテルカナ？　キット、ユキチャンヘッテ、オカシ、ハイ
　　　　ッテルヨ。アケヨウ!」と、目を輝かせている。

知子　「工藤雄樹様って書いてある?」

雄樹　「・・・ナイ」

知子　「誰に来たお荷物?」

雄樹　「・・・お父さん」

知子　「雄一様だよね？　**雄樹には開ける資格無し!**」

雄樹は夜、雄一が帰るまで待たされた。

雄一が午前様ならば、翌日まで・・・。

出張であれば、数日間も・・・。

雄樹も雄一のDNAが入っている。なかなかのクセモノだった。

あの手この手を考えて開けさせようとした。

が、私は決して負けなかった・・・（笑）。

泣こうと、すねようと、カワイラシク甘えてこようと、「お父さん」
としての雄一の確固たる威厳を確立させる事が最優先事項だった。

38．お空のティンパニー君！

突然、大粒の雨が降り出し、モノスッゴイ音が鳴り響いた。
カミナリ！

雄一　「あ！　お父さんのお友達だ！　**お空のティンパニー君だよ！**
　　　　よく来たねえ！」
雄一の反応は、極めて早かった。

初めての経験で、怖さに顔がひきつり、私にしがみつき、泣き出しそうだった雄樹は、びっくりしたように顔を上げ、雄一父さんを見上げる・・・。

雄一は、雄樹に目をやり、特別のニッコリ。

雄樹にもプライドがあったのだろう・・・泣くことができなくなり、私から離れ、じっと雷が治まるのを待っていた。
時々、恨めしそうに雄一をチラリ、チラリと見上げて・・・

その後、雷が鳴る度に雄樹は・・・「お父さんのお友達なんだよね？　お空のティンパニー君なんだよね？」と、何度も何度も繰り返しつぶやき、私から 10 センチ離れて立っていた。その手指はいつでも私にしがみつけるように、確実に私の手から数センチのところにあった。

（雄一は、秋田市民交響楽団の設立者であり、常任指揮者でもあったことから、雄一と雄樹の間の会話には、楽器の話がよく出ていた。雄樹にとって、ティンパニー君の姿や大きさは、すんなりと雷のモノスッゴイ音と結びつき、受け入れざるを得なかったはずだ。）

ヨシ！　雄一父さんの威厳は、確実に雄樹へ伝わっている。

39. “生意気な雄樹”に

“雄樹にとっては恐怖の雷が、実は「お父さんのお友達」である”ことを、雄樹は理解せざるをえなかった・・・
そんな偉大なイメージのお父さんと対等な感覚で立ち向かう・・・
“生意気な雄樹” になってほしい・・・と私は考えた。

そのためには、誇りをもって“生意気な雄樹”を、自ら作っていってほしい・・・そう思った。

まずは、世界を、生意気な私と同じ目線で見、理解し、彼なりの見解を持ってもらうことだ・・・

抱っこされて、私の顔だけを見ながら過ごしても意味がない。
オンブだ！

雄樹をオンブしての雑巾がけは、私にはもちろん大変だったが、彼にとっても・・・だったらしい。

ヒーヒーとバタツキ、終わるとフーーッと、背中で大きく息をついていた。

生意気に「チュカレタネェ」とも・・・

（重くナリヤガッテ・・・ナンチャッテ）

40．僕の血

面白い！　まさに継続の力だろう！

幼い時からの、オンブでの訓練は、雄樹にどこの国の人とも対等に話せるだけの自信をつけさせたに違いない。

その結果、2018年には、こんな光景が・・・！

秋田ノーザンハピネッツのNijelとChrisと一緒に・・・

本人曰く、『捕らわれた宇宙人の
気持ちになった』と・・・→
（雄樹の身長・・1m80cm）

何事にも動じない、アガル事の無い雄一が、「こいつは僕の血を受け
継いでるね!」と言った事に対して、雄樹は、「イヤ、それは、僕の血
だよ」と、生意気な返答をしていた。

いずれ同じ血である。
昔から二人とも同じ笑顔で笑っている。

The third dish. （三皿目）

41. たくらみ判明の時が・・・！

私が雄樹と、大好きな言葉である"Play"（遊び？　ダマシ？　演技？　演奏？）をあらゆる角度から楽しんでいる間も、雄一は、とにかく何かをがんばっていた。

「ただいまあ」と帰宅すれば、まさに「飢えたオオカミ」のように、パクパク、パクパク・・・実に、美味しそうに、夕飯を食べ・・・、

雄樹に微笑みかけ、つつき、語りかけ、雄樹が聞いていようが、いまいが、一席論じ、・・・やがて、真っ直ぐに机へ向かう。

ひたすら、何かに取り組んでいる。
書いている。
読んでいる。
考え込んでいる。
語りかけても、聞こえる気配はない・・・。

そして・・・何か悩み事があるかのようなそぶりが続いたある日・・・私

は、思い切って、聞いてみた。

私　　「何か困っていることがあるの?」

雄一　　「雄樹もまだ小さいしなあ・・・」
　　　　「聖霊の職もどうなるかわからないしなあ・・・」
　　　　「生活費はどうなるかなあ・・・」

私　　「何の話?　どこかに引っ越すの???」
雄一　　「東京で研究したいんだけどなあ・・・」

これだな!?・・・と、私は合点した。

いよいよ雄一のたくらみ判明の時がきた・・・!
そう思った。

私　　「さっ!!　行くよ!　東京だね?　いつ?　ジェンコダバイッペ
　　　　アル!　ギンコサイゲバナ!　ヒトノカネダドモナ!!!」・・・一
　　　　気に、キクさんパワー全開!

雄一は、しばし呆然としそして、やがてニッコリと微笑んだ。

雄一　　「あした、校長に掛け合ってみる!!!」

はっきり通るいい声だった。

42. 直談判

雄一は、私の了解を喜び、宣言どおりに意気揚々と、校長の元へ直談判に行った。

それまでの「鬼の工藤」の功績を見てきた校長は、あっさり認め、応援してくれた・・・らしい。

その校長の押しもあり、事はトントンと運んだ・・・
そして

雄一の休職が認められた。給料も支払われることに！

昭和50年（1975）の春から、雄一は、私学研修福祉会の私学研修員制度により、派遣されて、東京大学理学部研修生となり、上田一夫教授の研究室へ入る事となった。

「鮭がなぜ、育った川へ戻ってくるのか・・・」 を求めて、更に深く魚の脳波の研究へ・・・と。

しかも！　なんと！　研究費は、財団法人斎藤憲三顕彰会より３年間

支給されることに・・・、

直談判は・・・大成功だった。
残るは、雄一のもう一つの悩みだ。解消しなければいけない。

「雄樹もまだ小さいしなあ・・・」（当時４歳　幼稚園入学前）

これだけは、私の出番である。
雄一が心おきなく研究に没頭できるように、「家のことは・・・まっかせなさあい!!!」と、心の中で叫んでみたものの・・・

雄一は私を信頼していたのか、ただ忘れただけなのか・・・

その事については、以後何も語らず、研究に没頭していくこととなる・・・

43．棒振り

そういえば、雄一の口癖は、今も昔も
「僕は棒振りだよ!」・・・

私は、この言葉を聞く度に、物凄く抵抗を感じた。
（たしかに、指揮者は、指揮棒を振っているけれど・・・）

雄一は、彼の人生を常に、"棒に振りたい"のか・・・そう思わせた。

そして毎回、雄一が人生を "棒に振らない" 為に、私がコントロールしなければ!・・・という使命感に勝手に燃えた。
そんな事を知ってか知らずか・・・
食事中に、テレビから、オーケストラによるクラシックが流れてこようものなら、雄一の右手は、箸を持って、バシッと顔の前でとまる・・・

箸にくっついているご飯粒を食卓いっぱいに飛び散らせ、時には味噌汁をこぼし、我が物顔で私に向かって指揮をし始める。
目の前の味噌汁、ごはん、鮭、海苔・・・は、雄一にとっては、オーケストラの楽器に見えるのか、はたまた団員に見えるのか・・・?

そして

音楽が止まった時点で、箸は指揮棒から、本来の箸にもどる。

キョトンとしている私に、「僕は棒振り（＝指揮者）だよ！　懐かしいなあ！　大好きな曲だよ！　あの時は県民会館もいっぱいになったなあ！」と・・・

秋田市民交響楽団の常任指揮者であった雄一である。

棒振り（＝指揮者）だ！ ということに誇りをもっているらしい。

そこで、一連の東京移住計画も、校長への直談判に始まり、給料問題、研究費の確保など、全て彼が棒を振り、指揮をしていたという事なのだろう。

待てよ?

それは全て私の決断によるスタートだったんじゃないかな?

もし私が雄一の提案に『**東京に行くよ!!**』と言わなかったら···

雄一は、全ての研究を "**棒に振っていた**" ···かもしれない。あれ?　ひょっとしたら、私は、雄一専属棒振り···?
··· (ヘヘヘ)

44.「水を得た魚」か···!

いよいよ、日本の首都・東京での生活がスタートした。
私のまわりには、耳慣れた標準語が飛び交い、耳をわざわざ傾けなくても、言葉が自然に入ってくる感じが、面白かった。
空気も懐かしかった！　匂いまで···!

まさに「水を得た魚」か・・・!?
東京都板橋区の宝田マンションの５階に住むことに・・・。

東京の街を眼下にのぞみ・・・遠くに富士山を見て・・・朝陽に起こされ、
夕陽を見て一日を終える・・・最高!

雄一を東大へ送り出しさえすれば、私は、雄樹と共に、好きなことを
していいのだ!

雄樹と手をつなぎ・・・東京の街をうろつきまわろう。
雄樹の目をジッと見つめ、探ろう・・・何を見たときに、雄樹の目がキラ
リと光るのか?・・・を。

雄樹には、「図々しく、誇りを持って、元気に生きる男」になってほ
しい・・・
宝田マンションの５階の部屋は、見晴らしは最高だったが、エレベー
ターはなかった。
かなりの急勾配の階段をジグザグに雄樹と共に下りたり、上った
り・・・日に何度も。
なかなかの筋トレ・・・。

"one、two、three、four　・・・"と、ふたりで叫びながらの上り下り

は、雄樹に、数と　English　の響きやリズムを与えていくようだった・・・！

オモシロカッタ。

「いいぞ！」と、東京での生活への期待はドンドン大きく膨らんだ。
新しい薔薇色の世界が次々と、展開していくのだ・・・と。

が、ソウハイカノマナグ・・・？

45.「ただいまあ！」その１

不本意ながら、まもなく、私が体をこわしてしまった。
雄一に負担をかけるわけにはいかない。

雄一の食事は、東大生協で、なんとでもなる・・・ハズ。

私はすぐ、雄樹をつれて、新幹線で３時間ほどの名古屋の実家へ、ナ
ントカたどり着いた。

実家には、私を育ててくれた母（ナゴバアチャン）がいる。私とそっ
くりな妹たちがいる。・・・。

雄樹にとって違和感はあまりない・・・ハズ。

思った通り、雄樹には、なんのとまどいもないようだった。それを確認して、私はすんなりと病院へ・・・

公にする気は無いが、私は、小さな時から、結核も含めて、諸問題を抱えて育っていた。
そのため、医師の知り合いは多く、極めて簡単に入院。

順調に治療はすすみ、回復した。

ひと月ほど、私は雄樹のそばにいなかったことになるが、雄樹は、きわめて自然に名古屋の実家に溶け込んでいたらしい。

それでも、久しぶりに会う私を喜んでくれると信じ、大きく期待して、ワクワクと病院を出て・・・、
「ただいまあ!」と、

玄関が割れるばかりに精一杯の声をかけると・・・、

私の期待とは裏腹に、雄樹は、走り出て来る・・・でもなく、

「おかえりなさい」と言ってくれる・・・でもなく、

「あれ?　もう帰ってきたの?」と言わんばかりの表情。

「もっとゆっくりしてくればよかったのに・・・!」とでも言いたげな・・・。

雄樹のまわりは、私よりも確実に雄樹に優しかったらしい。
居心地がきわめて良かったようだ。
「そうは**イガノマナグ**だよ!」と、私は雄樹を連れて、すぐ、東京の宝田マンションへ・・・。

46．ただいまあ！　その２

カーテンを開け、風を室内に呼び込み、洗濯機を回し・・・久しぶりの主婦業が新鮮だった。
ベランダで洗濯物を乾していると、偶然、隣の奥さんもベランダへ・・・。

「お久しぶりです。しばらく留守にしてました。色々とご迷惑をおかけしたことでしょう。ありがとうございました。」

と、声をかけたところ・・・

隣の奥さんの目は、大きく、**マンマルク**なって・・・

キョトン！　なんのことかさっぱりわからないという様子で…やおら…

「本当に、奥様はお留守だったのですか？　お家に、いらっしゃらなかったのですか？　毎晩、『ただいまあ！』って、ダンナサンの大きな声がちゃんと聞こえてましたよ。‥‥‥あら、ひょっとしたら、別のどなたかが…?」

…「シマッタ！」いう表情で、お隣さんは部屋の中へスッと消えた。

「ただいまあ！」
その夜、大きな懐かしいテノールが、入り口に響き…、「父さんだよ！　お帰りなさあい！」と雄樹が走り出ていった。

「ただいまあ！　ただいまあ！　タッ・ダ・イ・マー！」

なんと、３度も…!

出迎えのあることが、よほど嬉しかったのだろう…!

《一人でだれもいない部屋に入る淋しさを、紛らそうと、大の男が毎夜、入口で、「ただいまあ」と叫んでいた…ということか…》

47. エジプトのパン

時間に余裕ができた私は、それまでやったことの無い事にチャレンジしてみたくなった。

パンの製作を試みた。身の回りにあるものを利用して・・・生地をコネ・・・コタツの中で発酵させ・・・鉄鍋で焼く・・・

大成功だった・・・・・2回目のパンまでは。

調子にのり、3回目へ。
意気揚々と同じ行程をくりかえした。

コタツの中で発酵させるまでは、何の問題もなかったのだが、

そこへ・・・

雄樹　「たっだいま～～!」

同じ階ではあったが、一番北端の野嶋さんの家で裕久君と遊んでいた雄樹が帰って来たのだった。

とても寒い日だった為、私の「おかえり」の言葉を聞く間も無い勢い
で、全速力でコタツにスーーーッと、雄樹は滑り込んだ・・・。
あーーーっ!!!!!

見事・・・・
発酵中のパンはせんべいの様に・・・ぺちゃんこ!

もう元の様に、フックラとは、もどらない。

ペッチャンコ!

心配しいしい焼いてみた・・・
うーーん、ぺちゃんこのまま。

味は悪くないが固い。歯がたたないほどではないが・・・、

かけた時間と手間を思い出し、悔しくて、**じーーッ**と見つめた。

その時、閃いた!

「『エジプトの王様の食べたパンでーす。焼き立てでーす。サイコウ
に立派な人になれまあす!』って、裕久君(野嶋)に届けて。」と、私
は大きな声で叫んだ。

嬉々として、雄樹は再び、北端の野嶋君宅へ走っていった。

その日の夕食に、雄一も「えーーーっ?! エジプトのパン?! 凄いねぇ! 美味しいよ! 上手だねえ!」とパクパク・・・

《へへへ・・・この時以来、私のほとんどの料理に、「知子風アラカルト」と名前が付くようになった・・・二度と同じ味が出せないのが、その特徴。雄一は気の毒なことに、もう半世紀もダマサレ続けている。》

もちろん、あくる日、感激に堪えない表情で、野嶋夫人からも感謝の言葉が・・・（エジプトの方、失礼をお許しください）

後に、エジプトのパンを食べさせられた裕久君がアナウンサーになり、テレビに現れ・・・ビックリ!・・・

きっとあのパンのお陰で偉くなったに違いない!

48. チ〇コチャック騒動

今でも忘れない・・・
私には、想像もつかない、どうしていいかわからない恐ろしい事件が起こった。

ある夕方、5時ごろだったか、テレビは「仮面ライダー」を放映していた。もちろん雄樹はテレビに釘づけ・・・。

「仮面ライダー様、ありがとう」と、私は、自分自身の仕事に釘付け・・・。

ふとしたきっかけに、雄樹の動きがおかしいことに気付いた。
モジモジ・・・クネクネ・・・

踊っているのかな??　**モジモジ・・・クネクネ・・・**
彼の目は、もちろん「仮面ライダー」にくぎ付けなのだが・・・

妙な動きが次第に激しくなってきた・・・

モジモジ・・・クネクネ・・・

そして急に雄樹は走った。コマーシャルの流れた瞬間だった。

トイレか・・・!

オシッコがしたいタイミングでも、どうしても「仮面ライダー」から
目が離せない状況だったらしい。
そして、コマーシャルの流れている短い時間に用を足そうと、ダッシ

ュで動いたのだろう。

そこで"事件"が起きた・・・

「ギャーーッ!」

雄樹がトイレの前でなんともいえぬ不安定な形で立っている・・・

その格好から、ズボンのチャックあたりで、なにかが起こっている様
だった。

チャックを急いで上げようとして、"大事なもの"を挟んでしまっ
たらしい!

私は、なんとかしてやりたい一心で、そっとズボンにふれてみた。

「ギャーーッ!」

何度チャレンジしても一層大きな「ギャーーッ!」

ついには、まだ触っていないのに、「ギャーーッ!」
もちろん号泣である。

そして、あんなに大事だった「仮面ライダー」は、もうどうでもよく

なっていた。

私は、何も手を出せない自分の無力さを痛感した・・・
柱時計を見上げると、まだ５時半・・・「仮面ライダー」は終わっていた。

「お父さんが帰っていらっしゃるのを待ちましょうね」・・・としか言えなかった。

雄樹は絶望的な表情で私を見つめ・・・泣いている。
雄一の帰宅はいつも７時ころ・・・まだ１時間以上ある・・雄樹は、泣き続けた。

そして、そんな時にかぎって雄一は帰って来ない。

７時・・・８時・・・

雄樹は既に泣き疲れた様子で、放心状態になっていた。
それでも私の接近を許さない。

《現在 49 歳になる雄樹曰く、「今までの人生の中で一番最悪な"待ち時間"だった」》

雄一　「ただいまぁ!」

ドアを開け、目の前のあわれな雄樹の姿に、瞬時に事情を察したらしい!
さすが、男同士‥‥?
パッと雄樹に駆け寄った。

「ギャッ!」

今までで一番大きな‥‥しかし一番短い叫び声"が最後だった。

絶望の淵に立たされていた雄樹は、偉大なる雄一父さんの　**"一撃"**
で解放され、安堵の表情を浮かべていた。

私はただただその光景を眺める事しかできず、ボーッとしていると、

雄一　「**アカチン**でも塗っときゃいいんじゃない?　まさに**アカチン**
　　　だなぁ‥‥わっはっは」と‥‥

いまだに語り継がれるチンコチャック騒動でした。

49. すばらしい成果を

東京での１年は、実に早く過ぎた。
今思えば…「ア!」という間もなかったような…!

秋にキクさんが倒れ、入院してしまったことで、私はすぐ秋田へ。雄樹は再び名古屋へ。
雄一はひとり、東京の東大の研究室で研究を…と。

そして、その チョウ短い年度内に、研究室の椅子で、毛布にくるまって寝泊まりし、

ねばって、ネバッテ、ネバ──ッテ…ある真夜中に雄一は、すばらしい成果をあげた!!!……らしい。

開発していたテレメトリ・システムを用いて、コイの臭覚系の脳から遊泳中の脳波計測にはじめて成功した

………………そうだ。
?????????????????????????

雄一は、見事に、東大での１年に花を飾り、春には、秋田の聖霊での新学期に間に合わせて凱旋したのだった…さすが!

家族3人がそろって、一緒に東京へ出たのだったが、秋田へ帰ったのは、知子、雄一、そして雄樹の順に・・・と。

人生なにごとも・・・
　　　　ソウハイガノマナグ・・・?

50.「アンタ　誰?」

昭和51年の春、雄一は、1年間の東大での研究生活を終えて、意気揚々と秋田へ戻ってきた。

「ただいまあ!」

その声には、「オレハ、ヤッタゼ!」という響きが・・・!

「おかえりなさい。ごくろうさまでした!」・・・玄関へ出迎えて、久しぶりに見る雄一の顔は、懐かしい・・・ハズ・・・だったが、

一瞬　キョトン?・・・私の知ってる雄一の顔ではなかった・・・「アンタ
　誰?」

急に近眼になった雄一は、眼鏡を購入していたのだった。

それから数日後、雄一は自ら眼鏡を捨てた・・・雄一は何も言わなかっ
たが、彼も眼鏡の顔がきっと気に入らなかったのだろう・・・（笑）

帰宅するや否や、雄一はまっすぐに**仏壇**へ。
いつもの　キクさん語録の「**イギデルヒドサギナ**（生きている人が
先ね）」は、無かった。
雄一の研究を誰よりも応援してくれていたキクさんは、58歳の若さ
であの世へ旅立ってしまっていた・・・。

124

仏壇の遺影には、キクさんの特別な笑みがあったように思えた。

キクさんも・・・「アンタ誰?」

　　　　　・・・と思ったに違いない・・・（笑）

51. おっ、チャンス到来!

まもなく、雄樹も名古屋から秋田へ戻ってきた。

同居することになった雄一の六番目の弟・清六も雄樹を出迎えた。

その清六は、私が嫁いで来た時は、高校３年生。
「フフフ」と鼻で笑う笑顔がキクさんにそっくり!

初めて出会った瞬間に、「兄さん（雄一）は、すごい暴君だよ」と、
私に耳打ちしてくれていた・・・。
（「鬼の工藤」は、勤め先の聖霊だけではないらしい・・・）
急に兄貴分を得た雄樹は
「セイロクオジチャン!　セイロクオジチャン!」と、くっついて歩
き、イタズラもし合っていた。

私はこの同居を、

家族にとって意味あるものにしたい・・・そう思っていた。

清六のお陰で（?）

雄一は、**安心して**、川反（かわばた＝飲み屋街）を楽しんでいた。ほとんど毎日午前様。

家には、大の用心棒がいてくれる・・・という事なのだろう。

そんなある日、久しぶりに、

トイレの前で雄樹が・・・モジモジ・・クネクネ・・・入ろうとしない。

知子　「どうしたの?」

雄樹　「ウ〇コしてるとね。

　　　下からオバケの手がニュッと出て来て、

　　　僕のオチンチンを、

　　　もぎとっちゃうんだって。こわい〜!」

・・・雄樹は泣きだしそう。

兄貴分（セイロクオジチャン）が冗談を言ったらしい・・・

くみ取り方式のトイレの大便器・・・

その上を跨ぐことは、小さな子供にとっては、・・・**恐怖**・・・察しがついた。

雄樹の表情は尋常ではない!　ガタガタ震えている。

「おっ、チャンス到来!」

私はワクワク・・・

最高のアイディアが浮かんだ。

52. シメシメ!

実際、"おまじない"は、何でも良かったのだが・・・

たまたま目に入った**小倉百人一首**の箱を手に取り・・・

知子 「大丈夫!　一緒に"手が出て来ない**おまじない**"しよう!　お
　　　母さんの言う通りに、大きな声で言ってごらん!　ウンコし終

わったら、『おわった!』って教えてね!」

私はトイレの扉の前へ。雄樹は中へ･･･そして、中と外とで "おまじ
ない" が････!

知子　「花の色は･･･」

雄樹　「ハナノイロハ･･･」

知子　「うつりにけりな･･･」
雄樹　「ウツリニケリナ･･･」

知子　「いたづらに･･･」
雄樹　「イタズラニ････」
･････････････････････････

知子　「おののこまち（小野小町）デシター･･･」
雄樹　「オノノコマチ･･でした～」

等々･･･などなど･･･

片っ端から、読んだ。ひたすら詠んだ。
「おわったよ～」が聞こえるまで･･･。

継続はスゴイ！　若い脳みそはスゴイ！
あっという間に、上^{かみ}の句さえいえば、雄樹は下^{しも}の句を全部言えるように
なった！

・・・のだが・・・

終いには・・・　"おまじない"を唱える事がめんどくさくなったのだ
ろう・・・

雄樹　「トイレから、手なんか出て来るわけないじゃん!!!」と・・・
百人一首終了・・・・・・・・・・・・・・シメシメ！

ここで、余談を２つ・・・

余談　その①

雄樹が、小学校の４年生ぐらいになっていたような・・・
ある日、学校から帰った雄樹が、真剣な顔で質問をしてきた。

雄樹　「この絵の　**オダノ　ブナガ**　って人、誰だ？
　　　名古屋で見た事ある・・・気がする。」

知子　「はーっ??　**オダノ　ブナガ**　?」

覗き込むと、その絵の下には、**織田信長**と漢字で書かれ、**おだのぶな**
が　と振り仮名が・・・。

その時、ハッと百人一首の日々が脳裏に・・・

紀貫之（き　の　つらゆき）、小野小町（おの　の　こまち）、柿本人
麻（かきのもと　の　ひとまろ）・・・が雄樹の脳ミソの中に沁み込ん
でいたようだ。

この発想、その応用力には感銘を受けた。
　（・・・ちょっとばかし　ズレてるような・・・）

余談　その②

そろそろ、雄樹が中学生になった頃だったか・・・ちょうど、山形県の
鶴岡辺りを秋田へ向かって車で走っていた時・・・

雄一が、「もう、**由良**まで来たねえ！」とつぶやいた。
すると、雄樹が、間髪をいれず、「**由良の戸をわたる舟人かぢをたえ**
　行く方も知らぬ恋の道かな・・・だっけ？　その・・・由良??」

雄一は感嘆の表情を浮かべたが、

私は、「キザな野郎だなぁ」と思った。

そして、自慢げに鼻の下を長くしている雄樹の顔を見て、百人一首を覚え込ませた自分も誇らしく思った。

40代半ばを越えてしまった今の雄樹は、文言全てを忘れてしまったようだが・・・（笑）

53.「民族大移動」

雄一の勤務先は学校。
雄樹は小学生。
夏休みが共通する。この利点を生かして、夏休みには、私の「里帰り」を兼ねて３人で自動車旅をした。

「**民族大移動**」と称して。

名古屋には、雄一が私よりも大切に（?）思っていてくれる**はず**の私の父・水野義男教授が待ち構えている。

雄一は、すぐ父にくっつき、各界の研究者たちと交流し、研究意欲をどんどん増幅させていった。

雄一の「収穫大!」という顔に、私は大満足だった。

「天皇陛下」というニックネームを授かる程のノウテンキな父は、可愛い愛弟子を得たように思ったのだろう。

私にもしてくれた事のない程、かいがいしく雄一の面倒をみてくれた。

母は、より一層「**変な人**」という目で、二人を見ていた。

名古屋に滞在中は、雄一が一番エンジョイし、秋田に居る時よりも私は放っておかれた。

まるで雄一の里帰りの様な・・・!

54. 実におかしな男を知ってるんですよ!

ある時、私は、教え子の結婚式に出席した。
・・・恩師代表という名目で。

「はあい!」と軽い気持ちで引き受け、披露宴では、案内されるままにテーブルについた。

隣には、初老のステキな見知らぬ紳士が・・・。

ぼんやりと開始を待っていると・・・やおら、その紳士が話しかけてきた。

「オヤ！　あなたも工藤さんですか！」と・・・。目はじっと私のテーブル上の名札を見ている。

「実はね・・・本当におかしな男を知ってるんですよ！　その男も、あなたと同じ工藤っていう名前なんですがね！

その工藤っていう男はね・・・・学校の先生を、やってるんですがね。

なんの意味も無いようなことをね、
　　　　　　　　　一生懸命　やってるんですよ。
なんの金にもならないことをね、
　　　　　　　　　一生懸命　やってるんですよ。
鮭の研究だったかな？　ホントに、
　　　　　　　　　一生懸命　やってるんですよ。
実におかしな男なんですよ」

・・・止まりそうもない。

どう控えめに考えても、この内容は"工藤雄一の生態"を観察している話の様に聞こえた。

そこで私は・・・

「ありがとうございます。**おかしな男の妻です。**」

「エーーッ?!」・・・・

もう、彼の言葉は続かなかった・・・・・。

（うふふ　彼が誰だったのか・・・　誰の結婚式だったのか・・・?　未だに思い出せないが、すばらしい結婚式だった・・・）

55.　ここでまた余談

現在 49 歳になる息子雄樹は、実に変わった人生を歩んでいる。

単身、東京にバイクで出て行ったと思えば、気付けば、アメリカに移住し、バイクメーカーに勤め、そのまま骨を埋めるのかと思いきや、秋田に帰って来て、数多くの失敗をし・・バツ 1 となった後、最愛の妻に巡り合い再婚。

今では多くのミュージシャンや外国人に囲まれ、楽しく BAR を一生懸命経営している。

どう考えてもまともな人生ではないが、本人は大満足しているようである。

彼のお手本は、全て**本当におかしな男**（工藤雄一）であるに違いない。

決して私　工藤知子の血が遺伝した訳ではないと信じている。

56．雄樹の３つの裏切り

東京から戻ってからも、「**実におかしな男（雄一）**」のガンバリは、とどまる事を知らない‥‥見守るだけで、
私は精一杯。

どう見ても、四方八方に突っ走っているような・・・
ヘタしたら「あの人、マトモ?」とでも言われそうな・・・・
実にパワフル!!!

勤務校聖霊では、相変わらず、「鬼の工藤」と呼ばれ、
勤務時間が終わると実験室に入りこみ、研究を・・・

・・・かと思うとある夜・・・**「懐メロを歌う会の会長になったよ!」**・・・
ニコニコ笑顔で帰宅!
毎晩のように呑み屋に通い、カラオケ三昧の成果か!・・・・**おめでとう!**
なにもかも**対外的には、順風満帆!!!**

でも・・・・**家族的には・・・?**

雄樹による３つの裏切りがあったような・・・

その１　「野球じゃないの?」

かつて、野球少年だった雄一は、「わが息子雄樹は、確実に**野球少年
になる**」と思いこんでいたようだ・・・
ある日、私が、何気なく赤胴鈴之助のテーマ曲を口ずさんでいる

と・・・

チャンス到来とでも思ったのか・・・突然雄樹が大声で、

雄樹　「僕、剣道ヤルヨ!」

たまたま、そばにいた雄一が即座に・・・

雄一　「ン?　野球じゃないの?　」

雄樹　「僕、剣道ヤルヨ!」

雄一　「お父さんは野球部だったよ。」

雄樹　「知ってるよ。でも僕、剣道ヤルヨ!」

雄一　「『巨人の星』の星飛雄馬（ほしひゅうま）、

　　　　大好きだよ　ね?」

雄樹　「ウン、好きだよ。・・・僕は、剣道ヤルヨ。」

雄一　「・・・・・・・・・・・・・・・・・」

私は、後ほど、さりげなく雄樹に聞いてみた・・・。

「なんで野球じゃないの?」と。

雄樹　「グランドの野球部の練習見てたらさ・・・『スゲエ、メンドク

　　　セエナァ』って思っちゃったから・・・」

その２「エーーッ？　それは無いよ!」

いつの間にか、私は自宅に英語教室を開いていたが、そこに通ってくる秋田大学附属中学校の生徒達が私の目に、さわやかに映っていた。ただ　ナントナク・・・

そこで、小学校６年生になっていた雄樹に、

知子　「お父さんの母校は土崎中学で、お母さんの母校は南山中学。
　　　　あなたの母校は?」

雄樹　「え?　土崎中学に行くんじゃないの?」

知子　「別に、決まってるわけじゃないよ」

雄樹　「別のトコでもいいのかぁ!　よし別にする。」・・・わが子ながら単細胞だ・・・

その夜、帰宅した雄一に、伝えると、かなり衝撃を受けたようだった。

雄一　「エーーッ？　それは無いよ!」

知子　「雄樹が**自分で選んだ**のよ！」・・・（陰で舌をペロリ）

因みに、雄一は、彼の卒業校である秋田市立土崎中学校創立10周年
記念校歌作曲募集に応募当選し**校歌作曲者**となっていた。
昭和32年、雄一がまだ高校3年生の時に・・・
（半世紀以上過ぎた現在も、工藤雄一作曲「港のいのち」は、秋田を
離れた地域での同窓会でも、必ず歌われている。
素敵な校歌だ。
なんと、作詞はクドウトモコ！！
・・・もちろん私では　ない。）

当然、雄一は「わが子にも、歌ってもらえる」と楽しみにしていた
筈・・・

しかし

5人の応募者中、なぜか雄樹だけ合格し、秋田大学附属中学校への入
学が決定してしまった。

「さすがあなたの息子！」と、私は雄一を**力いっぱい賞賛**した。

未だに、雄樹は言う・・・「これが最初の親不孝だったね・・・・」と・・・

その3 「誰かがビリを」

雄一は、学生時代は常にトップの成績を誇っていたらしい。だから
か、自分の息子も優秀なはず。・・・と信じていたようだ・・・が、その実
態は・・・

秋田大学教育学部附属中学校同学年180人中・・・
176番・・・（500点満点中130点足らず・・・）

雄一はこの結果を知り、茫然!

だが、私はニヤリ!・・・自分の過去を思い出した。中学2年だったと思
うが、成績ガタ落ち・・・遂にビリを・・・。叱られるのを覚悟で、通知表
を父（義男）に見せると、ジーッとそれをみつめ、

義男　「だれかがビリをとらなければならない。順番のビリなら、そ
　　　れでいい。跳びぬけてのビリでなければ、いいんだよ。」・・・・
　　　と。

雄樹の成績は・・・私の血のようだ!

雄一にはそれで**無理やり納得**してもらった・・・・**かな?**

57. ♪　勇気ひとつを友にして　♪

ある夜、雄一は、最高の笑顔で戻ってきた・・・
「僕が**秋田懐メロを歌う会**の会長に決まったよ」・・・と。

雄一がどんな歌を呑み屋で歌っているのか、さっぱり知らなかった
し、どうでもよかった。楽しんでいるのなら、それでよかった。
少なくとも、酒に溺れているのではない・・・らしい!
いい酒だ!
その数日後・・・おもしろいことに、小学校関係のある催しで、雄樹が
独唱をする事になった。

声変わりが完成したのは、小学5年生で、雄樹ひとりということ
で・・・(さすが、巨大な体に成長していた《当時165cm》だけあって、
声変わりも早かった・・・)。

雄樹が歌った歌は「**勇気ひとつを友にして**」・・・・・・!

「さすが、オレの子!」・・・もちろん雄一はニヤニヤ。歌うことになっ
た経緯はどうであれ、上手かった・・・オンチの私には想像もできない
ほど・・・。

確実に**私の血ではない**!

実に気持ちよさそうに「僕の歌です」という顔をして雄樹は歌った。
その声を聞きながら・・・私は思った・・・「そうか、オマエ（ユウキ）の
歌か！」・・・と。

雄一は、今回ばっかりは都合良く、当然「僕の血」と、称賛した。

58.「僕　たばこやめる。」

雄一は、押しも押されもせぬヘビースモーカーだった・・・

一日中　朝から夜寝るまで、煙草を吸い続けていた父親のそばで育
った私には、それが当たり前の男の姿だった。
（ひょっとしたら、私はタバコをくゆらす雄一の表情にほれ込んで
嫁いできたのかな・・・と思えるほど、おいしそうに吸っていた）

そんなある日、帰宅するなり、雄一はひとこと
・・・「僕　たばこやめる！」

私は、ついに、100 年の恋も冷めてしまうのかと恐怖を覚えた。

雄一が心から尊敬する聖霊高校の校長 Sr. イモラータレーダに言わ
れたらしい・・・

「工藤先生、**たばこをやめなさい**」と・・・。しかし私の思いとは裏腹に、何回となく彼の禁煙チャレンジは失敗した。

朝起きると、なぜか吸っているのである・・・（当の本人は未だにその過去を否定するのだが・・・）

1回　2回ではない。

そんなある日、後押しする出来事がおこった・・・修学旅行へでかけた雄樹が、「お父さんへおみやげだよ。」差し出されたものは簡易的な**たばこのフィルター**だった。
子供心に、「お父さん」のタバコ好きが気になっていたのだろうか?

雄樹のお土産をきっかけに雄一は、確実に、煙草を止めた。

まぁ、結果的に「100 年の恋は冷めなかった」訳だが・・・禁煙のきっかけを作った雄樹が、今となっては、私の言う**当たり前の男の姿**（ヘビースモーカー）になっている・・・アシカラズ・・・

59. アップライトはピアノじゃない!

雄一は禁煙との戦の最中、苛立ちを紛らわせる為にか、アップライトピアノを懸命に弾き、いつも同じ個所でつまずき、その都度、つぶや

いていた。

雄一　「アップライトはピアノじゃない!」

私　???????

アップライトピアノは"家庭用"で、グランドピアノは"コンサート
用"だと私は信じていたのだ。

知子　「天下のオーケストラ指揮者に、本物のピアノが無いなんて許
　　　されないんじゃない?　きっと
　　　グランドピアノならつまずかなくなるよ!!!」
雄一が会長をする懐メロ会には、ピアノの業者もいたこともあり、ト
ントン拍子に・・・

ある日、**本物のピアノが入った。**
・・・カワイのグランドピアノが!

予想通り、雄一は、ピアノを暇があれば叩いていた・・・実に愛しそう
に。

いつのまにか、午前様もかなり減った。

たばこを止め、歌を歌う声も出しやすくなっただろうに・・・カラオケ
スナックには通わなくなり、

毎晩毎晩、ピアノを叩いていた。
ピアノをキクさん（母）、飛雄太郎さん（父）の仏壇の前に置き、両
親に弾き聞かせるように。

しかし、いつも"つまずく箇所"は同じ・・・両親も落ち着いて寝てい
られないのではないだろうか・・・
私はチョコット心配した・・・（笑）

60．雄樹も無事です・・・

毎回、同じ個所でのつまずきが繰り返されていたころ・・・

あの"日本海中部地震"が起きた。

私に、**伊勢湾台風**の記憶が甦った。
物凄い轟音と共に、私の部屋の土壁が、目の前で
雨と風と揺れで壊され、吹き飛ばされてしまった記憶だ。

雄樹は・・・・？
雄一は・・・・？

二人とも、学校・・・。私の不安は頂点に・・・

すぐラジオに跳び付いた。

間も無く雄樹の小学校の様子が放送され、全生徒の無事がわかった。

すぐ、雄一の勤務校聖霊へ電話を・・・。

雄樹と私の無事を知らせたかった。

雄一の無事を確認したかった。

きっと雄一は、私と雄樹の無事に安堵し、ホッとしてくれるだろう。

喜んでくれるだろう・・・と思い・・・

プルルルル　プルルルル　プルルルル・・・

ガチャ・・・（出てくれた・・・ホッ!）

雄一　「**ピアノは無事**だった?」・・・が、最初の言葉!

知子　「はい・・・」

雄一　「ああ!　よかったあ!」

ガチャ

電話は切れた・・・

あのぉ・・・**雄樹も無事**ですが・・・

The fourth dish.　（四皿目）

61.　悪だくみ開始

そんな時、ある疑問が、私の頭の中で、大きくなってきていた。

「雄一という男は、どんな家で、どういう風に育ってきたのだろう?」

わたしの探究心は燃えた・・・色々と勘繰って、探っていくと・・・見え
てきた。

なんと！　雄一は生まれてから 11 回も、住処を変えていたのだ！　そ
れもきわめて自然に・・・流れのままに・・・

急に私の気持ちは、スーーッキリした。

「おつかえします」と・・・長男である雄一に嫁いだ私は、

「キクさんのお建てになった家を守らなければならない!」と・・・

激しく思い込んでいたのだが・・・そこには、そんなに・・・こだわる必
要は無いらしいとわかった。

148

すると、それ以降、私のいたずら心がムクムクと顔を出し、雄一をどうコントロールして、どう流れのままに楽しい未来を作ろうか・・・ますます楽しくてたまらなくなってきた。

悪だくみ開始!

62. いい土地があるんですよ

天に思いが届いたのだろうか?　ある日、こんな方向から・・・

「いい土地があるんですよ。いつか、秋田市の中心となる土地ですよ!　買いませんか?」と、思いがけない声が、雄一が「あの方」と信頼する人から届いた。

「私の思うツボでゴザンス」とは、もちろん口にはしなかったが、

思うツボだった。

ワクワクとその土地を見に走った・・・
「あの方」が、満面の笑みで待っていてくれた。

あれ～～?????
田んぼ・・・・・・・・・・・・

畑・・・・・・・・・・・・・
蛙だ・・・ミミズだ・・・イモリだ・・・

どこかで水の流れる音が!
ウシガエルの声が・・・・・・・・・・

超イナカだった。
「本当に秋田市の中心になるの?」と問いたくなるような・・・。

でも・・・「どんどん発展して、秋田の中心とも言える最高の場所になって行く所ですよ! 高速道路もすぐ近くを走るようになります」と繰り返される「あの方」の言葉を聞き、

「本当に???」と、ふと雄一の顔を見上げると・・・

雄一は、最高の笑顔で、「お前が欲しいなら買ってもいいんだぜ?」と恩着せがましくもとれそうな顔をしていた。

まだ半信半疑な私は・・・
地図でチェック。　・・・・・　ん〜〜!　なるほど!

雄一の勤務校　聖霊へは　スイッ。
研究のための秋田大学へも　ホイッ。

呑み屋街も近い。

すべて、自転車で行ける距離。

私にとっても、高速道路が開通すれば、名古屋へ、「チョックラ、行ってきまあす!」

いいことずくめ!…

蛙の鳴き声の合間に、キクさんの声が、聞こえてきたような…

「ジェンコダバイッペアル! ギンコサイゲバナ! ヒトノカネダドモナ (=お金ならいっぱいあるよ! 銀行へ行ばね! 他人の金だけれどもね)」

結局、辺り一面、田んぼや畑のノドカな田舎のど真ん中の土地を…

買った。

63. 「これ下さい!」

2・3年かけて、柔らかい田んぼだった土地の地盤を固める事にした。

土砂を敷きつめ、新工藤城が砂上の楼閣にならないようにするのだ。

その間に城の間取りを決定しなければ!

時間さえあれば、様々な住宅の展示場を見物して回った。何件訪れたか、記憶はないが、とにかく時間のある限り、秋田県外も含め様々な住宅を見て回った。

どの住宅が、新工藤城になるのだろうか・・・ある日、
雄一、知子、雄樹の3人で、とある展示場の駐車場に、当たり前の様に車を停めた。

その展示場は、実際は初めてだったが、感覚は、日課として通っていた様に感じられた・・・

「いらっしゃいませ〜〜!」と展示場係員が、バカ丁寧な調子で、腰を直角に曲げて迎えてくれた。
ものすごく太った係員だった事は覚えている。

そのお陰か、なぜかユッタリとした気持ちになった。

決して私は威張っているつもりはなかったが、カッ、カッ、カッと妙に強く私のハイヒール音が響いた。
ヒロインにでもなった気分。

「付かず離れず」で静かにニコニコしてくれている太った係員をしり目に、好きな事をしゃべくりながら、のぞきながら、3人は歩いた。非常に居心地がよかった。（決して、太った係員との居心地が良かった訳ではない。）

2年余りもの間、あちこちの展示場を訪れ、観察し、けなし、ケチを付けた結果、

「自分たちにとって居心地のいい事」だけが必要条件になっていた・・・そして、こんなにもあっけなく**「居心地のいい住宅」**に出合うとも思っていなかった。

「いいんじゃない?」と、雄一と私の目線が、物語った次の瞬間、私は、単刀直入に太った係員へ向かい・・・

私　「**これ下さい!**」

太った係員　「はぁ?!」・・・キョトン!

私　「**あ、イエ、これ建てて下さい。**」

太った係員・雄一・雄樹は、全員キョトン。

次に、雄一がニコリとした瞬間、太った係員は、その体型に似あわず、物凄く俊敏な動きで、書類を取りに走っていった。

太った彼が工藤城を担当する事で、その重さから、より一層地盤が固まる様な錯覚も覚えた。
安心　安心。

64. 今さら?

太った係員は、やはりその体型に似あわず、物凄く精力的に俊敏に話を進めていってくれた。流石である。

そして、さっさと着工日時が決まった。

そうなると、私の頭は、どう支払うのか?
引っ越しの手順は?···など、現実のことでイッパイ!

夢のようなことは、考えられなくなっていた。
そんな私の気持ちを知ってか知らずか···

工藤家男子チームは、「ああ、こんな家ができるのか!」という実感が欲しかったらしく、家の設計図を手に入れ、何かにトリツカレタように、ボール紙で新居のモデル作りを始めた。楽しそうに···

もともと手先の器用な二人である。

あっという間に完成した。

太った係員は、物凄く感心してくれたが、このモデルが発端で、ひと騒動が起きる事となる。

それは雄樹の衝撃的な一言だった。

着工まで残り1週間を切っていた時・・・

その模型を持って現場へ行き・・・

土地の真ん中に立ち、くるくると家の模型の向きを変えていた雄樹が突然・・・

「こっちの向きで（90度角度を変えて）建てたほうがいいんじゃない?」

????????????????????

えーっ?　今さら?　・・・・・・・・・ナールホド!!

妙に納得してしまった雄一と私は、すぐさま太った係員に連絡・・・これまた俊敏に対処してくれた。

後から聞いた話だが、様々な業者の皆さんに対するドタバタは相当な物があったらしい。

ゴメンナサイ　m(＿)m

でも　でも！

未だに雄樹の言う通りの気がしている。

大正解だった。

きっと、その太った係員も、根にはもっていなかったと思う。なぜなら、その家のモデルを大層気に入り、展示場にしばらくの間、展示してくれていたからだ。

めでたし、めでたし。

65. そんなこと知るか！

ある時、雄樹の学校から呼び出しが・・・

進路に関する３者面談だった。

これに関しては、雄樹の書いた「昔話シリーズ」に載っているので、お読みいただこう。

工藤雄樹著「昔話シリーズ　41」より

僕が中学３年生中頃の頃の話。

三者面談があった。僕と、母と、先生と。

そう。**進路の話**。そして僕は自他共に認める劣等生！！

それも、180人いる３年生の中で、176番

４クラスある中、まぁクラスで最下位くらい。

あは、あはははは。(*^^*)

いざ出陣。

僕は、主導権を握られまいと、先手。

僕　　『ボク、どこの高校行けるのぉ!?』

僕の母親の前で、かなり丁寧に言ったのだろうが・・・かなり回りくど

い言い方をする先生だった。

要は・・・

KF 高校は、内申点が悪いので危ない・・・FS 高校はなんとかなるとい

う内容だった・・・

ヤバイ・・・

秋田の人なら分かってしまうかと思うが、2校とも、まぁ、成績の悪い学生が行く・・・ところ・・・

そして、僕が安全に行けるFS高校は・・・その年に色々事件があり・・・どうしても行きたくなかった・・・(^^;;

そこで・・・険悪ムードを断ち切るべく・・・

僕　『さっ、見方を変えようよ、先生・・・行ける高校じゃなく、僕が
　　　行きたくなる高校を探そうよ・・・』

お前がそういうセリフを言うのか!　みたいな、なんだか**おかしな**雰囲気になったが・・・

勢いにまかせ・・・
僕　『オートバイに乗っても良い高校って、どこすかぁ!?』

先生は取り敢えず教えてくれた。

国立高専　又は　秋田高校。
なるほど!　秋田高校は、秋田で一番成績が良い奴が行く高校なので、

国立高専が良いと判断。先生に言うと、物凄く苦い顔をした・・・

どうやら、10年以上うちの中学から、高専に受かった奴はいないと言う。まして内申点の悪い僕は、受かる筈がないと・・・

よし、内申点は今更どうしようもない。

ので・・・先生の言葉を妨げ・・・

僕　『よし、俺、秋田高校に行く!!　バイク乗れるんだよね!?』

しばらく沈黙が続いた。が・・・

先生は言った。

先生　『もう半年無いんだぞ。秋田高校は、最低でも400点以上ないとダメなんだぞ。お前の点数わかってるか?　150点取れてないんだぞ?』

流石の母も、一瞬たじろいだ様に・・・思えた・・・

僕　『大丈夫!!　俺、秋田高校に入って、バイクに乗る!!』

その言葉に先生もたじろいだ様に思う・・・

まぁまぁ、その面談以降が激しかった。
周りは無駄だ無駄だと・・・うるさかったが、

死ぬ気で勉強した。
昼飯時も、休み時間も、電車の中も・・・

勉強した。
ある時教室で勉強していると・・・先生が僕の肩を揉みながら・・・

先生　『浪人は辛いぞぉ〜』

・・・・・・・・

そして、成績はうなぎ登り・・・入試直前のテストは450点近くまでいった*＼(^o^)／*

奇跡！！
そして秋田高校に合格し、バイクに乗った*＼(^o^)／*
モテモテになる・・・という夢は叶わなかったが・・・＿|￣|〇

高校での成績の話はしない事にして・・・

合格発表の後、先生に言われた。

『たま〜に、お前みたいにムリクリ合格していく奴いるんだよなぁ
〜』
以上。

こんな「昔話シリーズ」を書いてくれたからよかったようなものの、
私は雄樹が死ぬほど勉強に打ち込んでいる最中、受験の直前に引っ
越しを敢行したのだった。

「受験はあんたの勝手。そんなこと知るか!」・・・で。

結果的に合格してくれて、心から、ホ〜〜〜ッ!
「さすが、あなたの息子ね!!」と雄一に。・・・
「当たり前のことだろ?」とでも言いたげに、涼しい顔!!

さあ、新しい家での生活が・・・

66. いつも "自転車" の心配

新しい家に住み始めた・・・

袋小路のため、家の前に車や人の往来は無い！・・・静かだ！

が、逆に・・・朝は・・・

カラスの鳴き声がウルサイ！　カー　カー　カー・・・
ツガイのキジが鳴き、私を見上げている・・・
そこここで、雀は、バサバサ砂浴びを・・・
カモシカがクルリッとした目で私を見つめ、逃げて行く・・・カッ　カッ　カッ・・・

大草原の小さな家かと思わせるような光景・・・大満足だった。

静かに（?）優雅に（?）
雄一を筆頭に、３人が暮らすのだ!

田舎の光景に包まれて、順風満帆に思えたのだが・・・

ン?　ソウハイカノマナグ・・・?

これからはローン生活。切り詰めよう!

これはまず両雄への弁当作りに反映した。
貧しい食生活の名古屋で育った私には、秋田の庭の雑草が、美味しく

輝く・・・

蕗、杉菜、ツクシ、姫昔ヨモギ、たんぽぽ・・・

「美味しかった!」と"錯覚"させる為に手を変え品を変え・・・ああだ
　こうだとごまかした。

実際に"錯覚"してくれていた様なので、結果オーライ。

両雄は颯爽と自転車をこぎ出勤　＆　通学。交通費は不要!　雄樹は
高校生になっていた。

雄一は、大好きな自転車に曲乗りし、

聖霊では、「対話授業」とやらをテーマに「鬼の工藤」を徹底させ、

大学では、ひたすら顕微鏡を覗き、鮭の脳波分析（?）に臨み、

飲み屋では、「懐メロ会会長の威力」全開で歌う・・・!　まさにトライ
アングル演奏を全力で楽しんでいた。

雄樹は秋田高校に入った唯一の目的であるオートバイを購入するた
め、学業よりもアルバイトを最優先していたようだった。

本当に学校に行っているのだろうか・・・?　ま、それも彼の人生。応援
しよう。

「はじめから、両手をハンドルから離したまま、自転車をこいで、学
校へたどりつけるか」が彼の目標だと・・・思いもかけない目標を持つ
子だ!・・・

ん?　これも応援すべき??
誰の子?
両雄が実に楽しそうに家を出て行く姿を見送ることが、私の大きな
楽しみだった。そして、雄樹の自転車のブレーキが破損していること
は知るよしもなかった・・・。

そんなある日、雄一がワイシャツの右袖を破き、真赤に染めて帰って
きた。
なんとか動く自転車を引きずるように。
聖霊へ向かって曲がる角で、タクシーとぶつかって跳ね飛ばされ
た・・・と。

雄一　「大丈夫だよ!　パッと受け身を取ったからね!　それより自
　　　転車が、こわれちゃったよ・・・」
と実に、残念そう・・・

また、ある夕方には、泥だらけの雄一が、又！　自転車を引っ張って帰ってきた・・・綱に引っかかって工事現場の穴に落ちちゃったらしい・・・と。

雄一　「暗くて、あまりよく見えなくってさ。でも！　大丈夫だよ。受け身取ったからね。・・・シッカシ、自転車が大丈夫でよかったぁ！」

流石柔道部出身・・・！

でも、いつも"自転車"の心配である・・・。

時を同じくして・・・
ある日、雄樹が、壊れた自転車を引きずりながら、帰って来た。けがもしている様子・・・

雄樹　「車を避けきれなかったんだよ！　ブレーキが壊れてて効かなくてさ！　あーあ！　自転車こわれちゃったよ・・・」

誰の子・・・!?

67．学校の先生はブルジョアです

雄樹は、念願のオートバイを、やっと購入し、どこかへ行ってしまう

という毎日になっていた・・・

そんな時、工藤城建設に携わってくれたあのすごく太った係員が、再び、玄関に姿をあらわした。

「次の増築の計画に入りましょうよ!」・・・と。

知子　「エッ?　もう次の計画に?　ダイジョウブ?」

太った係員　「もちろんです。今のローンに足すだけですから。長期にするだけです。学校の先生はブルジョアです。

庭の雑草をセッセと調理し・・・雄一の靴下、ズボン、上着のホコロビを繕い・・・ヨレヨレネクタイをほどき、つなぎ合わせて、私のスカートを作ったり・・・

そんな私たちの事をブルジョアだと言うのだ・・・　私の目には、そのすごく太った係員の方が、よっぽどブルジョアな生活を送っているように見えるのだが・・・

でも、その言葉の響きが妙に嬉しかった。

私はどうも、金銭感覚が乏しいらしい・・・・・乗った。

「なあんだ！ 家って、気軽に簡単に建つんだ！」と内心、私はニコニコ。

学校の先生はブルジョアです・・・そうなのかぁ!?!?
やっぱり気持ちのいい言葉だ。

こういう時には、決まってどこからかキクさんの声が聞こえてくる。

「ジェンコダバイッペアル（お金ならいっぱいあるよ）
　ギンコサイゲバナ（銀行へ行けばね）
　ヒトノカネダドモナ（他人の金だけれどもね）」

68．わたしのクラリネット

工藤城は増築された。

１階には車庫。雄樹がオートバイをイジクリ・・・２階には、雄一の「スタジオ」ができた。
両雄のアジトになった様だった。

そしてそのスタジオには、土崎の家から運んだグランドピアノが鎮座し、まわりの壁には、そのピアノを引き立てるように、バイオリンが、１本、２本、３本と架けられ、

チェロ、サキソフォン、トランペット、アコーデイオン、
クラリネット・・・も並んだ。
最初は、「雄一ひとりで、どれだけの楽器を弾こうと言うのだろう」
と思って見ていたが、

要は、まわりに色々な楽器がある事で、オーケストラの
指揮をしている感覚になるのではないだろうか・・・勝手な推測（笑）

その中でも、雄一の専門楽器であるクラリネットには、特別なエピソードがあった。

雄一が、この話を語ってくれた時には、目には涙があったっけ・・・。
キクさんが、ある日、「これでクラリネット、買ってケ（買ってきなさい）・・・」と封筒を渡してくれたという。その封筒の中には、当時の家計からは出せるはずもない大金が入っていたと・・・。（後日談・・・キクさんは、友人から借金したらしい。）

それは、雄一が防衛大学を中退し、秋田大学へ入り直し、オーケストラでがんばることになった時、雄一だけ、自分の楽器を持っていないことを知ったキクさんのとった行動だった・・・と。

そして、折あるごとに、ピアノに向かう雄一の傍らには、いつもその

クラリネットがあった。

手をのばせば、いつでも「いい子いい子」できるところに・・・。

そこから雄一の思いが手にとるように伝わった。

雄一は、自分で建てたスタジオで、ピアノを弾く姿を、

母さん（キクさん）に見せたいのだ。

演奏を母さんに聞かせたいのだ。

なんとなくキクさんにヤキモチを焼いた感覚になった私は、闘志を

メラメラと燃やし・・・

知子　「これ、お母さんが買って下さったクラリネットなのよね?」

雄一　「そうだよ。」

やさしく撫でながら・・・ジ——っと、見つめている。

そこで、すかさず、

知子　「新しいのが、欲しいんでしょ!!!?」

雄一　（間髪を入れず）「モチロン!」

私は、雄一に"わたしのクラリネット"を愛でてもらう作戦を立てた

のだった。

イジワル知子の本領発揮である。

さて、どんなふうに?

69. 尺八とクラリネット

新工藤城のスタジオで、雄一が"新しいピアノ"をタタカナイ日はなかった。

キクさんの買ってくれた「古いクラリネット」の横で・・・。

そして、その背中は、「新しいクラリネットがほしいなあ!」と、物語っているようだった・・・。

早速、私が買う「新しいクラリネットが欲しい」と思ったが、雄一にその値段を聞き愕然・・・

給料4カ月分?!?!?!?

又、どこからかキクさんの声が・・・「ジェンコダバイッペアル・・・」と。

しかし、さすがに、ソウハイガノマナグ・・・

工藤城のローン支払いは、びっしり雄一の退職までつづく・・

ボーナスも含めて・・・さて、どう剥ぎだすか?
でも、どうしてもキクさんのクラリネットの横に、
私のクラリネットを並べたかった。

そして・・・　私のドコカがムズムズ　ムズムズ　と・・・
そう言えば・・・雄一と私の父義男との間には共通点が多々あった。

その１つが楽器好きということである。

義男は、バイオリンと尺八・・・雄一も、バイオリンとクラリネットも!

そして雄一は　"クラリネット"　の名手である。

それに対し義男のバイオリンと尺八は・・毎日のように
練習をするのだが、美しい音色とは程遠い音の連続。
生涯、その才能が開花することは無かった。

「もう止めて欲しいわねぇ・・・」は、母の口癖になっていた・・・

しかし雄一のクラリネットはすばらしい。

毎日でも聞いていたい音色である。

私は、そんなクラリネットを応援する気持ちでいっぱいだった。

ただ・・・2人のバイオリンは・・・・似たりよったりの腕前だった事
は・・・・・内緒の話。

70. "Can you do it？ （あなたにできる?)

ある日、さりげなく・・・
知子　「新しいクラリネット、買おうよ!」

雄一の表情に、キラッと光が!　その口が開かぬうちに・・・

知子　「ゲームに乗ってくれたら、買えるんだけど・・・」
雄一　「ゲーム?」

知子　「ウン。もう今は、ローンは組めない。貯金はゼロ。だから、
　　　ヘギ出しゲームをするわ。毎日、ナンダカンダ　絶対にヘギだ
　　　しちゃう。ヘギ出した分だけあなたに渡すから、楽器屋さんへ
　　　支払いに通ってくれる?

　　　1円しかヘギ出せない日もあるかも・・・。

　　　でも、諦めなければ、いつかは支払い完了するわ!・・・

　　　　"Can you do it ？（あなたにできる?)"」

誇り高き男が、たったの１円を支払うために、楽器屋へ毎日通えると
は思えない・・・。

イジワル心いっぱいで、私はワクワクと雄一を見つめる・・・
しかし私の予想を覆し、

　"Yes，I can！（モッチロン！　できるよ!)"

雄一は、ヒトッカケラの迷いもなく、晴れやかにスパッと即答！

そしてある夜、雄一は最高の笑顔で帰宅・・・

その手に、ピッカピカのクラリネットを、ダッコして・・・
キクさんの古いクラリネットの横に、
わたしの新しいクラリネットが・・・！！
あ、その奥に、義男の尺八が・・・・あ！　壁には２人のバイオリン
が・・・・"埃をかぶって"ぶら下がっている。（笑）

71. それが妻の務めです

雄一の言葉には、驚いた。

「1円を支払いに？　そんな、みっともないことできるかっ！」と、一喝されると思っていた・・・少なくとも、相当悩むであろうと思っていた。

しかし、まさかの即答・・・"Yes, I can！"

そこで、私が嫁いでくる前に母が、厳しく、何度も、何度も私に言った言葉を思い出した。

「男にひもじい（＝金が無い）思いは絶対にさせてはなりませぬ。それが妻の務めです。」

その母は、毎月、義男の給料の一部を、義男が自由に使える金として、タンスの隅に、そっと突っ込んでいた。

その父は、毎夜、大学での講義が終了すると、まっすぐ飲み屋街へ自転車で通い、上機嫌で、フラリフラリとご帰還だった。

それこそ**「男の姿」**なのだと私は信じていた。

だから、私も雄一の給料の一部をタンスの隅に、そっと突っ込んでおいた。

その範囲でではあったが、飲み屋街での彼は男らしく振舞っていた

はず・・・

え？　その雄一が、楽器屋から、“１円の領収書”を書いてもらって来るって?

雄一に、そんな“ひもじい思い”をさせてはいけない・・・そんな気持ちが、逆に私に火を付けた。

さあ、いかに楽しく、豊かに、「ヘギ出し生活」をするか・・・それが私の課題となった!

72.「ヘギ出しゲーム」

どこからヘギ出すか？　ゲームは楽しくあるべき・・・。

キョロキョロまわりを見渡すと・・・ある、ある、ある・・・おもしろいくらいにある・・・。

米は古米ならぬ古古古米へと。かなりパラパラだが、色はなんとか白い!
幸い、とっても安く分けてくれる人がいる・・・飢えた狼（両雄）どもは気付くまい。

食事のメニューは、すべて「知子風アラカルト」と名付けて、ありもので・・・。安物で・・・

「これが食べたい」という要求には、「♪　ソノウチトハナノアナネバイギツガレネ　♪」と鼻歌で答えて・・・

「ソノウチトハナノアナネバイキツガレネ（そのうちという言葉と鼻の穴がなければ、息をしていくことはできない）」・・キクさん語録。掃除機は、箒へと変身・・・サッ　サッ　サッと。静かだ！　電気は使わない。

鼻をかむにはハンカチを・・・洗えばいい！　ティッシュは不要。

洗濯は手洗い。ふろの残り湯で・・・。

アイロンは自分で・・・「あなたのものよ！」と・・・ありがたみを見せつけて！

「アタシの服を直してるのよ」という顔で、近所のオバチャンの服の繕い、幅広げを！・・・

英語指導のため、雄一の帰宅前に３人の子供達の家へ・・・！

そして、ヘギ出せた分を雄一へ。

帰り道にある楽器屋へ、雄一は嬉々と通ったようだ。
イヤガル素振りも、私を非難する表情もまったく無かった。

実に面白いゲーム！　加速度もついて・・・やがて終了!!!

「ゴクロウサマ！　乾杯!」とビールのグラスを打ち合い、工藤雄一
リサイタルが一晩中続いた。　　　　大満足！

73．私の出る幕は?

聖霊では、「鬼の工藤」に徹し、夜の街では、「懐メロの会」会長に徹
し、楽器屋では、小銭を持って来る「オッチャン」に徹する雄一だっ
たが、

自分の研究にも、全く手を抜いてはいなかった・・・ようだ。

ある日、雄一は、「バイオテレメトリー国際シンポジウムで研究発表
をしてくるよ。」と、横浜国際会議場へと向かう事となった。

英語をナリワイにしていた筈の私は、いつ英語に関する表現の質問
や、発音の指摘等が来るか・・・ワクワクしながら待っていたのだが、
私の出る幕は一切無く・・・

全てが当たり前のように決定していった。

雄一の発表するタイトルは、

"A MULTI CHANNEL UNDERWATER TELEMETRY SYSTEM AND IT'S APPLI CATION TO ELECTROMYOGRAPHIC ANALYSIS OF TRUNKMUSCLE ACTIVITY IN THE FREELY SWIMMING SALMON"

私の専門外の単語や言い回しに・・・これが英語か・・・?
と思った。
「多チャンネル水中テレメトリーシステムとその、自由遊泳中のサケの体側筋の筋電図解析への応用」

日本語にしても訳がわからなかった・・・

この段階で、英語の質問が来なかった事に対して・・・少々悔しかったが、安堵感をおぼえた。
シンポジウムが終わり、秋田に帰ってからの雄一の感想は・・・

雄一　「**英語**での発表は、緊張するかと思ったけど・・ゼ〜ンゼン。質問もあったよ・・・
"What is the value of the band width of the transmitter for the body vibration?" ってね。とってもわかりやすいはっきりし

178

た発音でね。この人は英語が母国語ではないなってわかったよ。ベルギーの博士だった。その日の夜の、シンポジウム・バンケットでのビールがとってもうまかったぁ!‥‥」

やはり雄一の心臓?　度胸?‥‥大したものである。
「ビールがとってもうまかったぁ!」という言葉に、ようやく私の出る幕を感じ、帰宅後の乾杯をした。

おそれいりました。

74. 真赤なハイラックスで

雄一の行動範囲は、秋田・東京間が、いつのまにか当たり前のように‥‥

雄樹も、一旦バイクで、出かけたら、何処へ行っているのやら?
時々とんでもない所から帰ってくる‥‥

それなら私も‥‥と、毎月1週間、秋田から離れるようになった‥‥
真赤なハイラックスで‥‥。名古屋の実家や、時には、本州を離れ、妹の住む四国へと‥‥

真赤なハイラックスは、**女が一人で車旅をするには、最高!**
変な危険がなくなったような・・・

その前にも、毎月ではなかったが、普通の黒い乗用車で走っていた。
その時は・・・夜中に、車を駐め、仮眠をとっていようものなら、しょっちゅう、ノックされ、起こされた。
「安くしとく・・・これ買わねえか?」・・・と。
サイズから行くと「薬」かな・・・?

工藤城完成!

新しいクラリネット登場!
雄一の研究に成果あり!
知子は、毎月、真赤なハイラックスで日本縦断!
ン?

ソウハイガノマナグ?
「調子に乗るな」ですって?

車が真っ赤なハイラックス! ピックアップトラックになったの
は・・・、モトクロスを始めた雄樹に、うまくそそのかされたからだっ
た。
オートバイ搬送の為、欲しかったのだろう。

が、美しいワインレッドで、でかいトラックは、常に駐車場で自分の
車を見失う私には、最適な車でもあった。
さがす間もなく見つかった。
その私の手足の様に走ってくれるトラックで、日課、いや月課になっ
ていた1週間の「名古屋旅」は、毎月近所のスーパーへでも行くよう
な気分になっていた。

そのまま普段着で・・・
時にはエプロンをつけたままで・・・
朝食のパンをかじりながら出かけた時も・・・

富士山を横目で見、走り抜けながら・・・思う。

日本の中で、鹿児島県だけを、私は訪れてはいない。
新婚旅行用に・・・と、こっそりとっておいたはずなのに・・・
なぜか北海道に行っちゃったっけ・・・

ヨシッ！　いつか、雄一と行かなくっちゃ!!

高速道をガンガン飛ばしながら・・・思う。

オーストラリアのどこまでも続く一本道を、何時間も、何時間も、ひ
たすら走ったっけ・・・。
すれ違う車もなければ、家もガソリンスタンドもない道を。
カンガルーがびっくりしたように跳ねて逃げて行ったっけ・・・

速かったなあ・・・。

この赤いトラックなら、どこまでも続く荒野の中でも輝く！
絵になる！　絵になる！　走ろう!!
こんどは、雄一と、雄樹と・・・!!!
あ、このトラック２人乗りだった・・・笑

真っ赤なトラックは情熱の炎のように燃えあがっているように思えた！！！

キラキラと・・・

　　ギラギラと・・・

　　　　メラメラと・・・！

私の妄想は、どこまでもひろがった。

"ソウハイガノマナグ！"なんて言わないでね・・・キクさん・・・

75．ワカメの林なんだけど

いつも、真っ赤なトラックで名古屋の実家に到着すると・・・古〜い日本家屋の・・・茶室の前に留めた。

目立った・・・

そのトラックを見つけると、「トモチャン　カエッテ　リャータノ
（＝いらしたのね）!?!?」と訪れてくれる人もいた。

そんな名古屋でのある夜のこと・・・、

「知子ちゃんに注いでもらうと、一段とビールが美味しくなるなあ」
と父。

父親のビールの量も尋常ではなくなる。
いつもよりずっとおいしそうだ・・・
「秋田弁って怖いわ!　なんだか怒られているみたい!
でも、ずいぶん上手になったわねえ!」と母。

私は、ひたすらしゃべくり続けた。
笑わせた。おどけた。ふざけた。

楽しいからだろう・・・
父親のふかす新生（たばこ）の数は普段より増える。

実においしそうにふかしながら、私に煙の輪を吹きつけてくる・・・ポ
ワ〜ン　ポワ〜ン　ポワ〜ン　と。
四畳半の茶の間が、煙草の煙で白く霞んできた頃だった・・・

電話のベルが鳴った。

「こんな遅い時間に、誰じゃ?」・・・・

くらいの軽い気持ちで受話器をとると・・・

秋田にいる雄樹からだった。

雄樹　「母さん!　家の中がワカメの林なんだけど・・・」

知子　「ん???　**ワカメ?**」

雄樹　「今、玄関を開けたら、真っ黒なワカメが、いっぱい天井から
　　　　垂れているんだよ・・・。電気もつかねーしさ・・・」

知子　「は???　**ワカメ?**」

雄樹　「コレ、燃えちゃってるんじゃない?　火は消えてるけど・・・。」

知子　「**エーーッ???**」

76. 奈落の底に?

私が秋田にいないということは、雄一は、絶対に飲み屋で歌ってい
る!

「そろそろ、お父さんも帰って来られるでしょう。待ってて。私も、すぐ名古屋を出るからね!」と冷静に話し（…つもり）、電話を切った。

そして、私はすぐ運転席にかけ上り、エンジンをかけた。

「しっかりするんだよ」とか「気をつけて」とか、叫ぶ声を後ろに聞いたような、聞かなかったような…

真っ赤なトラックは、まさに消防車に思えた。
「ウ〜〜　ウ〜〜　ウ〜〜!」と心の中でサイレンを鳴らしながら、アクセルを踏み続けた。
信号は全部青だった。
赤信号なんて無かった。
車輪も心も地についていなかった…

正直言うと全て記憶に無い…。

名古屋市内を走り抜け…

高速道路へ入り、なお加速。「ウ〜〜　ウ〜〜　ウ〜〜!」

いつの間にか、東の空が白々と明け、日本海を横目に見ると、
白波はいつもより荒々しく攻撃的にあざ笑っていた。

新工藤城が燃えてしまったの・・・・?
マックロ焦げになっちゃったの?
ひょっとしたら、他人様の家も焼いちゃったの?

奈落の底　とはこのことか・・・?!

あ!　両雄（雄一と雄樹）は無事か・・・!
ま、なんとかなるか・・・?

77.「火事様　ありがとう」

ようやく家にたどり着いてみると、工藤城の外見も、向こう三軒両隣
も、何の変化も無かった。

「どこが燃えたの?」

両雄の何故かニコニコした笑顔に出迎えられ、奈落の底から引っぱ
りあげられる気がした。

そして、それから沢山のことを学ぶこととなる・・・「火事様、ありが

とう!」

その1

雄樹の感性が面白かった。

「家の中が**ワカメの林**なんだけど・・・」が、名古屋で受けた雄樹からの電話の言葉だった。

玄関を開けると、真っ黒!　ただただマックロ!

カーテンがあったところには、溶けた何かがベッタリ、マックロ!
燃えた壁には、真っ黒になった壁紙がべろべろ!
天井からもズルズルと垂れさがる真っ黒焦げのもの・・・・
まさにワカメの林!

「あはは、俺のヘルメット、溶けて**不細工**になっちゃったぁ!!!」
そんな状況でも動じない・・雄樹の言葉選びのセンスに感動した。
火事様が、確認させてくれた・・・
　　　　　　雄樹は、オモシロイ感性をもっている!

「火事様、ありがとう!」

その２

現代耐火建築技術の素晴らしさに感動！

居間とキッチンは呆れるほどマックロ！
ガッチリ燃えている！
しかし増築部分にも、２階へも類焼はない！

ドアが閉まっていたおかげで、自然に酸欠になり、火は、勝手に消えたのだ。
当家の物理学者（そくらてす）曰く、「すごく機密性が良い」・・・という事らしい。

その素晴しさに気付かされた・・・
やっぱり、「火事様、ありがとう！」

その３

雄一の宝物である・・・
ピアノ
ウイルヘルム・リーマンの絵
クラリネット・・・は、全て生き残った。

雄樹の宝物である・・・

オートバイ用の、高価なヘルメット、アルバイトをして買った、高価な革ジャン、オートバイの競技大会で貰った、貴重なトロフィー・・・は、全て燃えてしまったにもかかわらず・・・雄樹には悪いが、雄一には不幸中の幸いだったようだ。

そして、まったく動じない雄一は**オカシイ**！・・・・
そう思ったのだが・・・・

知子　「火事になって、ショックじゃないの?」
雄一　「別に・・・!　ピアノも**絵**も**クラリネット**も大丈夫だったじゃないか!!」・・・・・・・・納得した。

「火事様、**家主の宝物**を救ってくれて、ありがとう!」

その4

一番良く燃えていたのは、仏壇!・・・火元だ!
仏壇の中の電灯の配線から漏電し、発火したらしい。

「私、『イギデルヒドサキナ（生きている人が先よ）』ってちゃんと挨拶して、家を出たよね?　母さん、淋しかったの?」と真っ黒な仏壇へ問いかけてみた。

・・・当たり前だが・・・なにも答えはなかった。

後日、１升瓶を２本持って、見舞いに来てくれた仏壇屋曰く・・・「安い仏壇だったからねぇ！　仏さん、もっと良いところへ入りたかったんでネスカ?」

物凄く釈然としなかったのだが、部屋が修復された後に、高価な仏壇を他の仏壇屋から購入する事ができた。（爆笑）

キクさんも、飛雄太郎さんもきっと・・・「火事様、ありがとう！」と、

言っているに違いない。

これは余談であるが、ここでも雄樹の感性は文字通り爆発した。

雄樹は、出火元である仏壇があった場所の壁に、

Bomb！

という爆発を意味する英語と・・・
言わば不謹慎な絵をデカデカと、しかもカラフルに描きやがったのである。（上品な言葉をお許しください）

もちろん新たに壁の修復工事が始まる前ではあったが、何故かその絵を見る度に、火事が笑い話に思えてきた。

当時は不謹慎極まりない奴め！と思ったが、今思えばその感性にも感服である。

その５

当たり前の話だが、キッチンがマル焦げ、電気もダメという事は、食べ物が無い。

悪い噂は簡単に広まるようで・・・嬉しい（？）ことに、親戚が重箱に色々な食材をつめて沢山持って来てくれた。
人の心のあたたかさを痛感した、「火事様　ありがとう」

が！　しかし！　食器も箸も無い・・・（指は箸の代わりになるかも・・・?）その時！　名古屋を出る時に、母が車の助手席につっこんでくれた棒状の小さな包みの存在をハッと思い出した。

その中には・・・

数本の割り箸、アルミ箔、ビニール袋に突っ込まれた濡れタオルが入っていた。流石、第二次世界大戦で、焼夷弾を浴び、家を丸ごと焼かれてしまった中を生き抜いた母である。

無事食事を終えてから、改めて母の偉大さを痛感した。

「火事様、ありがとう！」

火事・火事・火事・・・と言ってきたが、まあ単なるボヤ騒ぎで済んだ話なのだが・・・我が家では、　"大火の改心"なわけで・・・

大火がボヤでは格好がつかないので・・・

その後、色々とわが家に関する変な噂話が横行したのだが、

文字通り、**火のある所に煙が立ったわけで**・・・

甘んじて受け入れたとさ・・・トッピンパラリノプ（笑）

78. そう言えば、・・・

「ボヤ騒ぎを、なんとも感じないのか?」と、問いたくなるほど、両雄は冷静だった。

今になって思うと、それぞれ心に秘めた目標があったから・・・かもしれない。
雄樹は、東京の専門学校に通っていたはずなのだが、突然ある日、船乗りバッグ一つを肩に、日本を出て行ってしまった。「何も心残りは無い」と言う顔をして・・・

小鳥 (?) はいつかは、親元を飛び立って行くべきだ・・・これでいい。

そして、気遣う存在がなくなったからなのだろう。
雄一の研究意欲は、更に増していった。

秋田大学大学院鉱山学系研究科博士後期課程システム工学専攻とやらに合格し、電子情報システム工学講座とやらに所属し、「水中における電磁波伝搬に関する研究」とやらを続行・・・私にはやっぱり・・・チンプンカンプン

ある日、

雄一　「ついに、僕は、ドクターになったぞ〜!」

彼の手には、「学位記」があった。

そう言えば、東京大学院理学系研究科博士学位請求論文を提出した
と言ってたっけ・・・

そう言えば、タイトルは "A study of the measurement of biosig
nals in freely swimming fish by underwater radio-telemetry"
（水中電波テレメトリによる自由遊泳魚の生体信号計測に関する研
究）だと教えてくれていたっけ・・・

そう言えば、「論文発表会に行って来るね。」と秋田を出て行ったこ
とがあったっけ・・・「面接試験と筆記試験を受けて来たよ」と知らせ
てもくれていたっけ・・・

渡された論文をパラパラとめくって行くと、雄一を描いた自画像が
載っていた。・・・

ん?　いや・・・彼が研究している鯉の絵だった。

毎日、愛しく思いながら観察して行くと、鯉も雄一に似て来るの
か・・・?　いや・・・雄一が鯉チャンに似てきたのだろう・・・（笑）いず
れにせよ、内容はワケが分からないが、めでたい事は確か!

「良かった、良かった！　ごくろうさま!」と、私は一緒にビールで乾
杯！　美味しかったあ!

雄一が 53 歳の時だった。

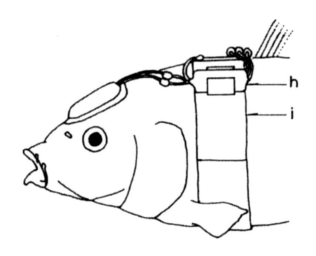

79．定年退職

私は知らなかったのだが、雄一には、"生徒をしっかり導くためには、
教師は生徒以上に勉強すべき"という信念があったのだそうだ。

その信念のもと、ドクター（博士号）を取得した彼は、ますます自分
に自信をつけていった。

自転車に乗り、走って行く後ろ姿には、それまでには無かった"ゆとり"が加わったような気がした。

（体型の変化だけかもしれないが・・・笑）

「東大大学院の博士号を取得　魚のナンタラカンタラ・・・」という見出しで、新聞にも載った。
雄一には色々な変化があったのだが、

私の生活は、特に変わったことも無く・・・いつもゴマカシに徹して・・・弁当は、相変わらず知子風アラカルト・・・靴下も、繕えるまで繕って・・・掃除機は壊れていたので、ほうきでサッサッ・・・洗濯機も壊れたことを幸いに、風呂場でジャブジャブ・・・

そして丁度西暦 2000 年の 3 月、60 歳になった雄一は 37 年間勤めた聖霊を退職することになった。

心から、「これからは弁当作りはいらないな・・・」と思いながら、私は、「御苦労さまでした」と、深く頭を下げた。

「時間ができるぞ～!」と、内心ニヤ─ーリとした私に・・・

"まだ一仕事あったか!"と思わせる一言が降り注いだ。

雄一 「いままでお世話になった人たちに、なにかきちっとお礼をしたいなあ!」

80. やってみたかったんでしょ?

雄一 「コンサートなんて、どうかなあ?」

知子 「お礼にコンサート? それってあなたが"やってみたい"だけじゃないの?」

雄一 「今まで数えきれない位の方たちにお世話になったんだ。その方たちに、1度に一気にお礼ができるじゃないか! 『今までありがとう』って・・・」

なるほど・・・「そうだね・・・」と頷きつつも、半信半疑な私を尻目に、雄一はどんどんプログラムを作成していく。

そしてある日、雄一は満面の笑みを浮かべ・・・

雄一 「プログラム完成! もちろん退職金使っていいよね?」

知子 「退職金ですって?」

雄一　「あれっ?　ダメ?」

知子　「OK！　OK！　あなたが稼いだのよ！　自由に使えば・・・」と言
　　　　いながら、内心はチョット・・・ムカついた・・・（笑）（退職金で
　　　　工藤城の残債を払うんじゃなかったっけ・・・）

雄一　「コンサートのタイトルはどうしようかな?」

残債の支払いの件で頭がいっぱい・・・どんどん面倒臭くなってきた
私は・・・

知子　「あなたが**やってみたかった**んでしょ?
　　　　『**やってみたかったコンサート**』ってすれば?」と極めて無責
　　　　任に言ってみた。

81．ひょっとしたら、良いタイトル?

なんと、スルリと、「やってみたかったコンサート」と、決まってし
まった。

チラシもあちこちに配布され、事は順調にすすんだ。

「勝手にすれば〜〜」の気分のまま、私はただ、「残債・・・」の事だけ

を考えていた。

そんな時、面白い電話が、何処の誰だかわからぬ人から入った。

「『やってみたかったコンサート』・・・いいタイトルですねえ！
私も使わせていただいていいでしょうか?」と。

『ご自由にどうぞ!』と即決 OK をした私は、

私自身が、極めて単純に命名してしまったタイトルに
"箔" がついた・・・様な気がした。

あれ？　無責任な返答をしたのかな・・・?
商標登録しておいたら、コンサート費用が出たのかな?

82.「やってみたかったコンサート」無事終了・・・?

コンサートの当日を迎えた。
なんと！　1200 人収容の、文化会館の大ホールは満員！
驚いた！
「消防法に引っかかるから、通路に座らせてはダメ!」と、会館から
注意まで受けてしまった。

極めて、気持ちよさそうに、指揮をしたり、歌ったり、演奏したりの
雄一の晴れ姿に向かって、私は心から語りかけた。

「よかった！　本当に、よかった！
　いい37年だったね！
　　ごくろうさまでした。
　さあ、これからは、"年金暮らし"よ！
　　ユーックリ、シ〜〜ズカニ、老後を楽しもうね。
　　『一緒に行こう』と、とってある鹿児島に行こうね。
　　雄樹の住んでいるアメリカにも行こうね・・・」

早くも、私の目の前には、
大きな大きなユ〜〜ッタリとした夢がひろがってきた・・・。

ところがなんと!!!

まさかの新しいステージへ突入しそう！
アンコールの「山の煙」を終了させて戻ってきた雄一の表情は異常!!
普通ではなかった。

????????????????????????????

「すごいよ〜！　あんなに会場がもりあがるなんて！

みんなが『山の煙』を、歌ってくれたんだよ!
『山の煙』を歌いたいのは、僕だけじゃないんだよ。
みんな、歌いたいんだよ!　歌いたいんだよ～～～!」
　　　　雄一は、叫ぶように、吠えるように、一気に・・・!

この雄一の台詞が、彼のその後の一段と忙しい方向を決定づける事
となった・・・

「やってみたかったコンサート」が無事終了し、あとは、ゆーーっく
りと・・・
ソウハイカノマナグ???

83.　日本ラジオ歌謡研究会発足

雄一は、"日本ラジオ歌謡研究会"なるものを発足させてしまった。
『山の煙』の大合唱が最大の発奮材料だった。

"NHK ラジオ歌謡"というジャンルの音楽の音源や、楽譜を収集する
という目的を持ち、日本各所で「ラジオ歌謡を歌う会」も開催し、好
評を博した。

研究会会員も、徐々に増え、毎年開いてきた、全国ラジオ歌謡音楽祭
も 13 回を数えた。

新型コロナウイルスの登場により、毎年連続というわけにはいかなくなったが・・・？

楽譜収集も、全846曲中733曲までたどり着いた。

この功績は、日本の文化の歴史に大きな貢献をしてきていると雄一も私も思っている。

すばらしい・・・・でしょ？

ここでちょっと白状すると、私工藤知子は、工藤雄一の妻であり、同じ年、昭和15年に生まれ、同じ時代に生きてきた。
が・・・雄一が"NHKラジオ歌謡"を、母親キクさんにせかされ、一生懸命にラジオに耳を傾け、歌詞を書きとることに夢中だった頃、

実は・・・

私の家では、女はラジオを聴くことを許されてはいなかった。

そして私が60歳を迎えるまで、雄一が"日本ラジオ歌謡研究会"を発足させるまで・・・私は、「ラジオ歌謡」という言葉さえ知らなかった。

ここだけの話だが・・・今まで誰にも内緒にしてきた事実だが、人前では、私は雄一に静かに寄り添い、

「全て知っているフリ」をして、楽しんでいる。

ゴメンナサイ・・・　m(_ _)m

84.「邪魔ではありません」

そういえば、

「雄一青年との出会いは、いずれどこかで・・・」と、書いてしまっていたっけ・・・

それは、私が秋田の聖霊学園の姉妹校である名古屋の聖霊女子高等学校に、英語教師として勤めて3年ほど経っていた頃だったか・・・ある日、校長から「水野（私工藤知子の旧姓）先生、**秋田で視聴覚教育研究会が開かれます。行ってきて下さい。**」と出張命令が出た。

秋田で、教師数名と共に待ち構えていたのが、その視聴覚教育機器の設備担当の工藤雄一先生だった。

「イジワル知子」と生徒たちから呼ばれていた私である。色々知恵を得て、「名古屋の生徒たちに新鮮なイジワルをしよう!」と、研修内容に夢中になり、アッという間に3日間が過ぎた。

ただ、その３日間で１つだけ物凄く気になった発言があった。

雄一先生　「僕は世界一の授業をしています。」

は?　何様?

この人は、どうやって自分の授業を世界と比べたのだろう・・・（ナマ
イキな人!!!）

そして最終日に、思いがけなく、男鹿半島への観光ドライブが企画さ
れていた。
案内されるままに、散策していると、

「音楽はお好きですか?」と、唐突に声がかかった。
ナマイキな人からだった。
ん?　音楽の「お」の字も無い私には、予想外の質問!

「邪魔ではありません」と、冷たく即答。
次の質問はこなかった・・・

（もう少し気の利いた言葉はなかったものかと、いまだにあきれて
いる私・・・笑）

帰路につく日の朝、始発列車にも関わらず、プラットフォームには、
ナマイキな人と、彼の担任する生徒たちが・・・！！！

始発のベルが鳴った時、

私の目の前のガラスにナマイキな人の指が近づき、なにやら文字（?）
を書き始めた。
よく見るとヘタクソなその文字は、私から読める様に逆さ文字を一
生懸命書いているようだった。

See you a...

そこで行き詰った彼の指の後に続く様に私は書き足した。

gain...　（＝またいつか）

ナマイキな人のくせに、なんと粋な事を・・・！
せっかくなら、最後まで上手に書けるように練習して来ればいいの
に・・・

85. 「困るじゃないのっ!」

イジワル知子は、帰名後、なぜか世界一のイジワルを目指し、2年の
月日を夢中に過ごした。

ナマイキな人の事など、これっぽっちも考える隙など
なかった。

ある日、朝礼で、秋田の聖霊から転任した Sr. フィロメナという名前
のシスターが現れ、全職員に「よろしく」と頭を下げるや・・・

ものすごく大きな声で、「英語担当の水野先生ってどなた？　もうい
らっしゃらないわよね!!」職員全員がビクッと強ばった。

シーン・・・

そして控えめに、「ワタシです・・・」

シスター
「えっ？　あなたが水野さん？　まだ水野？　旧姓？　えっ？　今もま
だそのまんま水野さん??・・・・
困るじゃないのっ!」
ツカツカッとシスターは、私のところへ歩みより、

「あなた、工藤っていう先生、覚えてる？

私が、名古屋へ行くって決まった途端に、

『水野先生ってステキな人が、まだいるかどうか見てきて』っていう

のよ。

『そんなにステキな人なら、もう結婚してます！

諦めなさい！　2年も経ってるのよ！

連絡の1回もしないでいまさら？　何考えてるの！！！』

ってバカにして来ちゃったわよ。

あなた、まだ独り者なの？　結婚してないの？

困るじゃないのっ！」

職員達のニヤニヤした顔を前に、ナマイキな人からでもステキな人

と言われるのは満更でもない気がした。

親の勧めの見合い相手や、周りからの攻勢も激化していた当時、その

中で一番背も低く、足も短く、ナマイキな工藤雄一が気になり、「青

年の船」で渡航中のオーストラリアから"お元気ですか？"というハ

ガキを送ったのが2回目のコンタクトだった。

そして前述のストーリーに繋がるのだが、読み返すと私自身が一番

ナマイキだったのかもしれないと思えてくる。

あとがき

はたして、ギリシャの**ソクラテス**のようにカタブツで、ナマイキな
（?）工藤雄一を美味しい刺身にできたのか・・・?
その刺身を美味しく彩る**ツマ**であれたのか・・・?
　さっぱりわからない。

が、最後に私工藤知子がナマイキを言えば、**始終笑顔の絶えない工
藤家の周りこそ**が最高のツマであり、何よりも工藤雄一を美味しそ
うに見せる器であって下さっているのです。

皆さん、ありがとう!

【著者紹介】

工藤知子（くどう・ともこ）

名古屋市生まれ。南山大学文学部英文学科卒。
名古屋聖霊高等学校教諭を経て、南山大学ティーチング
アシスタント。
名城大学薬学部講師。
日本青年海外派遣オセアニア班渉外担当として、総理府
からオーストラリア方面へ派遣される。
南山大学短期大学部講師。
結婚して秋田へ。聖霊女子短期大学英語科講師。
退職後、現在主婦。
日本ラジオ歌謡研究会理事。
秋田市在住。

そくらてすのツマの明るく楽しい人生ゲーム
あなたはワタシの思うツボ

2023年8月31日発行	著　者　工藤知子
	発行者　向田翔一

発行所　株式会社 22 世紀アート
　　　　〒103-0007
　　　　東京都中央区日本橋浜町 3-23-1-5F
　　　　電話　03-5941-9774
　　　　Email: info@22art.net　ホームページ: www.22art.net

発売元　株式会社日興企画
　　　　〒104-0032
　　　　東京都中央区八丁堀 4-11-10 第 2SS ビル 6F
　　　　電話　03-6262-8127
　　　　Email: support@nikko-kikaku.com
　　　　ホームページ: https://nikko-kikaku.com/

印刷
製本　　株式会社 PUBFUN

ISBN : 978-4-88877-242-6